射殺犯

南 英男
Minami Hideo

文芸社文庫

目次

第一章　銃弾

1

　ギムレットは水っぽかった。

　ドライジンの味よりも、ライムジュースの甘ったるさが口に残った。おおかた分量を間違えたのだろう。

　伊沢亮《いざわりょう》は小さく苦笑して、グラスを置いた。

　カウンターの灰皿の中で、喫《す》いさしの煙草《たばこ》が燃えくすぶっている。伊沢は、短くなったラークマイルドの火を揉《も》み消した。

　場末の酒場だった。

　店は本牧《ほんもく》の裏通りに面している。伊沢のほかに、客の姿はない。

　二〇〇六年秋の夜である。八時過ぎだった。この店で、伊沢は学生時代のラガー仲間たちと落ち合うことになっていた。

「お客さん、うちは初めてですよね?」

カウンターの内側で、女が訊《き》いた。三十五、六歳だろうか。化粧が濃い。店には、彼女しかいなかった。ママだろう。

「いや、昔はちょくちょく来てたんだ。ママさん？」

「そうなんですよ、一応。よろしくね」

女が愛想笑いをした。顔の造りは派手だったが、どこか陰気だ。何か重いものを背負い込んでいるのかもしれない。

「この店、オーナーが代わったらしいね」

「ええ。前は、わたしの友達のお兄さんが経営してたんですよ」

「昔のマスターは、どうしてます？」

「駒田《こまだ》さんは亡くなったの」

「えっ。それ、いつのこと？」

「もう丸一年になるわ。スペインのトレド近郊の何とかっていう小さな闘牛場でね」

「駒田さん、まさか闘牛士になる気でスペインに出かけたんじゃないだろうな」

「ううん、ただの観光旅行中の事故死だったそうよ。駒田さんはヘミングウェイを気取って闘牛士の真似事《まねごと》をしてるうちに、興奮した牛に角で胸を突かれちゃったらしいの」

「そうだったのか。あのマスターは闘牛士《トレロ》に憧《あこが》れてたからな」

　伊沢は振り返って、煤《すす》けた白い壁に目をやった。かつてはそこに、馬に跨《また》がった槍騎手《ピカドール》のパネル写真が飾られていた。

「あそこにあった写真は、駒田さんの妹が家に持ち帰ったんですよ」

「そう。なんだか妙なことになっちまったな」

「妙なこと？」

「ここで昔のラガー仲間と落ち合って、青春を懐《なつ》かしむつもりだったんだ」

「青春懐古《かいこ》だなんていやだわ、まだお若いのに」

「もう三十二なんだ。いい時代はとっくに遠のいてる」

　伊沢は低く呟《つぶや》いた。なぜか最近、過ぎ去った遠い日々がむやみに輝かしく思える。生活の澱《おり》が溜《た》まりはじめているのだろうか。

「ラグビーは大学のときにやってらしたの？」

「ああ、港南大でね」

「そういえば、港南大のグラウンドが根岸線沿線にあったわね」

「練習の後《あと》、よくこの店に寄ったんですよ。マスターが商売っ気のない人だったから、なんとなく居心地がよくてね」

「駒田さんは欲なしだったから」

「そうだったね。かなりツケが溜まっても、一度も催促された覚えがないな」

「うちは、ツケききませんからね」

ママが笑顔で言った。

「予防線を張られちゃったか」

「うふふ」

「それにしても、善人ほど早死にしちゃうんだな」

「そうね。わたしは悪女だから、長生きしそうだわ」

「おれもだよ」

伊沢は言って、残りのギムレットを一気に飲み干した。すると、ママがいい間合《まあ》いで問いかけてきた。

「同じものをお作りします?」

「いや、今度はバーボンの水割りにするよ」

「バーボンは、オールド・クロウしか置いてないんだけど」

「それでいいよ。別にワイルド・ターキー一辺倒ってわけじゃないし」

「それじゃ、お作りしますね」

ママは空いたグラスを片づけ、酒棚からバーボン・ウイスキーの壜《びん》を摑《つか》み出した。水割りの作り方は手際《てぎわ》がよかった。

伊沢は煙草をくわえた。相変わらず、客はやって来ない。

「本牧もずいぶん変わったでしょ？」

　ママがグラスを置いて、そう言った。

「二年ぶりに横浜に来たんだが、ちょっと街の雰囲気が変わったね。昔と較《くら》べて、なんとなく上品になった感じだ」

「ええ、確かにね。わたしが若かったころは、腕に刺青《いれずみ》を入れた外国の船員たちが朝まで飲んだくれてたわ」

「いまは荷揚げも機械化されてるから、長く碇泊《ていはく》する必要もないんだろうな」

「ええ、そうみたい。時代の流れねえ」

「そうだね」

「でも、まだ本牧らしさも残ってるのよ。大きな声じゃ言えないんだけど、違法カジノやクラブなんかもあるの」

「ふうん」

「お客さんは東京の方でしょ？」

「そう」

「ただのサラリーマンじゃなさそうね」

「吹けば飛ぶようなテレビ番組制作会社に勤めてるんだ」

　伊沢はそう言って、水割りを半分ほど飲んだ。

「というと、ディレクターさん?」

「一応、ディレクターってことになってるが、体《てい》のいい雑用係だね」

「いまはたいていのテレビ局が下請けのプロダクションを使ってるんですって?」

「外註《がいちゅう》するほうが安くつくからね。その分、こっちは安い給料で働かされてる」

「あら、あら。お客さんはドラマを制作してるの?」

「たまにドラマも手がけるけど、ドキュメンタリーものが多いんだ」

「そうなの。でも、カッコいい職業だわ。女性にはモテるんじゃない?」

「それがさっぱりでね」

伊沢は自嘲《じちょう》して、バーボンの水割りを呷《あお》った。口の中に滑り込んできた氷の欠片《かけら》を嚙《か》み砕いたとき、店のドアが軋《きし》んだ。

伊沢はスツールごと振り向いた。

客は、友人の滝口修介《たきぐちしゅうすけ》だった。ダンディーな滝口は、キャメルのスーツを着込んでいた。イタリア製だろう。

白と黒の縞模様《しまもよう》のシャツに、渋いグリーンのネクタイを締めている。長身だからか、日本人離れして見える。

「滝口、元気そうじゃないか」

「おまえもな。会うのは半年ぶりだっけ?」

「ああ。景気はどうだ？」

伊沢は訊《き》いた。滝口は、新宿でスナックを経営している。

「おかげさまで流行《はや》ってるよ」

「それは結構なことだ」

「そっちは？」

「相変わらずさ」

「そうか。村瀬《むらせ》は？」

「まだ来てない。取材があるとか言ってたから、ちょっと遅くなるかもしれないな」

伊沢は答えた。

村瀬浩一《こういち》は、フリーのノンフィクションライターだった。伊沢たち三人は大学一年生のときから、ずっと親しくつき合っている。揃《そろ》って三十二歳だ。

「こちら、駒田さんの奥さん？」

滝口がママを見ながら、伊沢のかたわらに腰かけた。ママが口を開く前に、伊沢は言った。

「ママは駒田氏の妹さんの友達らしいんだ」

「えっ、どうなってんの？　それじゃ、マスターはリタイアしちゃったのか」

「死んだんだってさ、一年前に」

伊沢は手短に経緯《いきさつ》を話した。

「なんか信じられない話だな」

「おれも驚いたよ」

「ママ、ジンをロックでくれないか」

滝口が女に声をかけた。

ちょうどそのとき、村瀬が店に駆け込んできた。いつもの柔和な顔がいくらか上気している。どうやら走ってきたらしい。生成《きなり》の綿ブルゾンに、白っぽいチノパンツというい(ヽ)で(ヽ)た(ヽ)ち(ヽ)だった。

「遅くなって、悪い！」

村瀬が革のショルダーバッグを肩から外《はず》し、カウンターに歩み寄ってきた。

滝口が村瀬にマスターの死を告げる。村瀬は絶句し、茫然《ぼうぜん》と立ち尽くした。

「三人が揃ったんだから、昔のようにあっちで飲《や》ろう」

伊沢はスツールから滑り降り、円《まる》いテーブル席に歩《ほ》を運んだ。

滝口と村瀬が古い木製のテーブルにつく。ママが水割りとジン・ロックを運んできた。

「お客さんは何になさいます？」

「これと同じものをください」

村瀬はママに顔を向けながら、伊沢のグラスを指さした。ママがうなずき、カウンターに引き返す。

「マスターは憧れのスペインで死ねたんだから、思い残すことはないんじゃないかな」

村瀬がしんみりと言った。すぐに滝口が口を開いた。

「いや、マスターは無念だったと思うよ。観光用のちっぽけな闘牛場で不様《ぶざま》な死に方をしたわけだから」

「そうだろうか」

「ほら、だいぶ前にコルドバで何とかってスター闘牛士が死んだよな。何て名だったっけ？」

「フランシスコ・リベラ・パキリだよ」

村瀬は物識《ものし》りだった。

「そいつ、そいつ。その男みたいに民衆に惜しまれながら散るんなら本望だろうが、マスターの場合は散り方が寂しすぎる」

「駒田さんは歓声や拍手とは無縁だっただろうが、息を引き取るまでに充分に血を沸《わ》き立たせたんじゃないかな。おれは、そう思いたいね」

「そうかもしれないな」

滝口は、もう反論はしなかった。伊沢は敢《あ》えて何も言わなかったが、村瀬と同質の感傷を胸に抱えていた。

　ママが、村瀬の水割りと数種のオードブルを卓上に置く。

「マスターの安らかな眠りを祈ろう」

　滝口がグラスに手を伸ばした。伊沢と村瀬は、滝口に倣《なら》った。三人はグラスを軽く触れ合わせた。

　伊沢はひと口飲んでから、村瀬に顔を向けた。

「仕事のほうは順調なのか？」

「順調とは言えないな。それでも、餓死しない程度には原稿の依頼があるよ」

「あんまり頼りないことを言うなって。確かおまえ、先月、婚約したって電話で言ってたよな」

「ああ」

「その話、おれ、聞いてないぞ」

　滝口が口を挟んだ。

「そうだったっけ？　おまえにも電話で話したような気がするがな」

「聞いてないよ、おれは。どんな娘《こ》なんだ？」

「ごくごく平凡なＯＬだよ。中堅どころの貿易会社に勤めてるんだ」

「いくつなんだい、その彼女？」

「二十四だよ」

「若い娘《こ》をうまく見つけやがったな」

「まあね」

「そのうち、おれの店に連れて来いよ」

「ああ、そのうちな。滝口、奥さんは元気か？」

「元気、元気。元気すぎて、困るぐらいさ」

「そうか。おれが結婚したら、独身《シングル》は伊沢だけになるな」

村瀬が伊沢に眼差《まなざ》しを向けてきた。伊沢は曖昧《あいまい》に笑った。

「おまえ、惚《ほ》れてる女がいないの？」

「残念ながらな。いまのところ、女より仕事のほうが面白いんだ」

負け惜しみではなかった。実際、伊沢はそう思っていた。しかし、まったく女っ気がないわけではなかった。気が向いたときに寝る女はいた。

「それじゃ、おれが近いうちに、仕事なんかどうでもよくなるようないい女を見つけてやろう」

「当てにしないで待ってるよ」

伊沢は調子を合わせた。

三人はハイピッチで飲みながら、ひとしきり思い出話に耽《ふけ》った。話が途切れたとき、滝口がしみじみとした口調で言った。

「青春って、いいよな」

「おまえ、もうでき上がっちゃったの？　そんな台詞《せりふ》は素面《しらふ》じゃ、とても口にできねえからな」

　伊沢はからかった。

「茶化《ちゃか》すなよ。おれはラグビーに熱くなってた時代を本気で懐かしんでるんだ」

「おまえらしくないな」

「何とでも言え。あのころは、体の中を熱いものが駆け巡ってた感じだった」

「若かったからな」

「ああいう一途《いちず》さや無鉄砲さが消えたとき、人は青春ってやつとおさらばするんだろうな」

「多分な。年齢《とし》喰《く》えば喰《く》うほど、そんな季節が輝いて見えるのかもしれない」

「伊沢、おまえはいつ青春時代が終わったと自覚した？」

「大真面目《おおまじめ》にそんなこと訊くなよ。蕁麻疹《じんましん》が出るじゃないか」

「おれはマジに質問してるんだ。答えてくれよ」

「それじゃ、酔った振りして言っちまおう。某テレビ局の大プロデューサーにヤラセを強《し》いられても突っ撥《ば》ねられなかったときだな。もう四年も前の話さ」

「どんなヤラセを強いられたんだ？」

「そのプロデューサー、難病で次々に死んでいく少年たちの優しさごっこを浮き彫りにしろなんてぬかしやがったんだ。おれは、人間のエゴをカメラで直視するつもりだったんだよ」

「しかし、発註者の意向は無視できなかったわけだ？」

「その通りだよ。仕上がった番組は、おれの狙《ねら》いとは正反対のものになっちまった。視聴率は悪くなかったらしくて、すぐに次の仕事が舞い込んできた。しかし、おれは少しも嬉《うれ》しくなかった。しばらく深酒がつづいたよ」

「おれも、いつからか、向かい風を避《さ》けるようになってきてるな。自分の中の狡《ずる》さに気づいたとき、青春ってやつは消えちまうのかもしれない。村瀬、おまえはどうなんだ？　にやついてないで、何か言えよ」

「街では聖人のようには生きられない……」

村瀬が歌うように言った。と、滝口がすぐに問い返した。

「なんだよ、そりゃ？」

「確かモダンジャズか何かのタイトルだよ。待てよ、誰かの小説の題名だったかな」

村瀬が答えた。

「どっちにしても、悪くないフレーズじゃないか」

「そうだな。おれ、気に入ってるんだ。こういう時代じゃ、なかなかピュアには生きられない。しかし、三十過ぎの男たちがこんな話をしてるんだから、まだおれたちはまともなのかもしれないぜ」

「おれたちは、精神的にちょっと稚《おさな》いのさ」

滝口が雑《ま》ぜ返して、微苦笑した。

そのとき、店の電話が鳴った。ママがカウンターの端に歩み寄り、懶《ものう》げに受話器を摑《つか》み上げた。

「この店、閑古鳥《かんこどり》が鳴いてるな」

滝口が無遠慮に言い、店内を眺め回した。

伊沢はカウンターに視線を投げた。ママは背中を見せて、電話中だった。どうやら滝口の声は届かなかったらしい。

「駒田さんがマスターをやってたときは、毎晩、客であふれ返ってたがな」

村瀬が小声で言った。

「おれの店もそうだが、小さな酒場ってのは結局、マスターやママの人柄で客が集まるんだよ」

「滝口んとこは、かみさんが客を呼び寄せてるんだろうな。奥さん、妖艶《ようえん》な美人だからさ」

「あれが妖艶だって⁉　村瀬、おまえ、まだ女の修業が足りねえんじゃないか。婚約なんかしちゃって、大丈夫なの？」

「麻子《あさこ》は、おれにはもったいないような女なんだ。絶対、当たりだね」

「この野郎、のろけやがって」

滝口が笑いながら、村瀬の頭を軽くはたいた。村瀬が相好《そうごう》をくずした。

その直後だった。

ママが送話口で手を塞《ふさ》いで、ためらいがちに問いかけてきた。

「お客さんたち、このあと何かご予定があるの？」

「特にないけど」

伊沢は答えた。

「それだったら、ちょっと秘密ショーを覗《のぞ》いてみません？　この近くのマンションの一室で危《あぶ》ないショーをやってるんだけど、まだ空席があるんですって」

「秘密のショーって、いわゆる男と女のライブショーってやつ？」

「そうだと思うわ。わたし自身は観《み》たことがないのよ。でも、かなり際《きわ》どいショーらしいの。男性には愉《たの》しいんじゃない？」

「どうする？」

伊沢は、村瀬と滝口を等分に見た。ややあって、滝口がママに確かめた。

「このあたりの秘密ショーなら、日本人じゃなさそうだな？」

「ええ、出演者は外国人ばかりだという話よ」

「いくらなの？」

「おひとり三万円ですって。お酒は飲み放題らしいわ」

「ママにもリベートが入るんだったら、おれたち、つき合ってもいいよ。どうなの？」

「ちょっと答えにくい質問ねえ」

「オーケー、それで察しはつくよ。おれもママと同業なんだ。よし、その話に乗っちゃおう」

「助かるわ。ここんとこ、売上が落ち込む一方でね」

ママが嬉《うれ》しそうに笑い、ふたたび受話器を耳に押し当てた。

「滝口、勝手に決めるなよ。おれは売れないライターだから、あまりゆとりがないんだ」

村瀬が低い声で言った。

「金のことなら、心配するなって。きょうは、たっぷり持ってるんだ」

「しかしな」

「いかがわしいショーなんか観たら、婚約者《フィアンセ》を裏切ったような気分になるってか？」

「おれは、そんなに純情じゃないさ」

「だったら、つき合えよ。伊沢、おまえのほうは別に何も問題はないよな？」

「待ってくれ。いま断る理由を探してるとこなんだ」

「こいつ、無理しやがって。よし、話は決まりだ」

滝口が上機嫌に言って、上着の内ポケットに手を入れた。そのとき、ママが声をかけてきた。

「いま、迎えの者をここに寄越《よこ》すそうよ」

「金はママに払うのかな？」

「ううん。迎えに来る人に払ってください」

「了解！　それじゃ、ここのお勘定をしてくれないか」

「はい、ただいますぐに……」

「ここはおれに任せろ」

伊沢は滝口を押し留《とど》めて、椅子《いす》から立ち上がった。

2

案内の中年男が足を止めた。

角部屋《かどべや》の前だった。高層マンションの七階である。廊下に、人影はなかった。

伊沢たち三人は男に導かれ、二重ドアを潜《くぐ》った。

部屋に入る。四十畳ほどの室内は薄暗かった。クラブ風の造りだった。

「いらっしゃいませ」

どこからか、若い女が現われた。

女は、素肌に紫色のベビードールをまとっているだけだった。ランジェリー風の衣裳だ。透《す》けて見える裸身が妖《あや》しい。

「ご案内します」

女が奥に向かった。

伊沢たちは従った。あちこちに、ベビードール姿の女たちがたたずんでいる。いずれも若くて、美しかった。

テーブル席は五つあった。

そのうちの四卓は、すでに外国人男性で埋まっている。白人だけではなかった。アラブ系の客も交じっていた。

ちょうど幕間だった。客たちは思い思いに寛《くつろ》いでいる。

伊沢たちはベランダ側の席に坐《すわ》った。

白い革張りの長椅子だった。坐り心地は悪くない。テーブルは大理石だった。その横には、酒壜の載ったワゴンが置かれている。あらゆる種類の酒が揃っていた。

人いきれで、いくらか蒸し暑い。

伊沢は黒いカシミヤのジャケットを脱いだ。砂色のスタンドカラーの長袖《ながそで》シャツの襟ボタンを外したとき、前方の暗がりが急に明るんだ。そこがステージになっているらしかった。

左隣の村瀬が声を洩《も》らした。

胎児《たいじ》のように身を丸めていた全裸の女が、不意に立ち上がったからだ。よく見ると、女は円形ベッドのシーツの上に立っていた。

東洋人だ。しかし、日本人かどうかはわからない。髪はシャギーカットで、まだ若かった。二十歳《はたち》そこそこだろう。体の線がいくぶん硬い。

胸も薄かった。だが、胴のくびれは深い。その下の腰はまろやかだ。太腿《ふともも》もむっちりとしている。上半身と下半身がアンバランスだった。それが奇妙な魅力になっている。

裸の女は臆《おく》する色もなく、客席を見据えていた。伊沢は、かすかなたじろぎを覚えた。

ステージの照明が徐々に絞られ、スポットライトが灯《とも》った。女は円錐形《えんすいけい》の光の中にいた。

疎《まば》らな拍手が湧《わ》く。

アメリカ人らしい赤毛の男が卑猥《ひわい》なジョークを飛ばした。男の連れが高笑いをした。

だが、女は無表情だった。奥二重《おくぶたえ》の吊《つ》り上がり気味の目で客席を射《い》るように見るだけで、少しも動かない。彼女はこんなショーを観に来た男たちを内心、軽蔑《けいべつ》しているのだろう。

伊沢は理由《わけ》もなくそう思った。

そのとき、ベビードールの女が近づいてきた。氷の入ったアイスペールとミネラルウォーターの載《の》ったトレイを重そうに抱えている。それらを卓上に移すと、女は伊沢たちに問いかけてきた。

「お飲みものは何になさいます?」

「おれはコニャックを貰《もら》おう」

滝口がレミー・マルタンのボトルを指さした。

村瀬がジントニックを註文する。ジンはタンカレーだった。

伊沢は少し迷ってから、ジャック・ダニエルズの黒ラベルのオン・ザ・ロックを頼んだ。

ベビードールの女は、てきぱきと酒の用意をした。その間に、黒服のウェイターがオードブルを次々に運んできた。

カマンベール・チーズ、ローストビーフ、スモークド・サーモン、フルーツの盛り合わせなどが卓上に並ぶ。伊勢海老《いせえび》のクリーム煮やキャビアのカナッペもあった。

「これだけ豪華なオードブルが出てくるんだったら、高くないな」

滝口は満足顔で、ベビードールの女に言った。

「お酒は飲み放題なんです。それに、ショーも面白いですよ」

「きみは席についてくれないの？」

「わたしたちはスタンディング・コンパニオンなんですよ。だから、お客様の席には坐れないんです」

「そいつは残念だ」

「お飲みものがなくなったら、お声をかけてくださいね。近くで待機してますから」

女は三つのグラスを置くと、遠ざかっていった。

伊沢たち三人はグラスをこころもち掲《かか》げ、それぞれ口に運んだ。伊沢はグラスを傾けつつ、ステージに目を向けた。

いつの間にか、ライトの光輪が膨《ふく》らんでいた。

裸の女の足許《あしもと》には、ココア色の肌をした若い男がうずくまっている。やはり、一糸もまとっていない。どちらかと言えば、瘦《や》せているほうだろう。

「あの男は東南アジア系だな」

右隣の滝口が、伊沢の耳許で言った。

「そんな感じだな」

「留学生のバイトかもしれねえぞ」

「そうだとしたら、とんだ留学だな」

伊沢は唇を歪《ゆが》めた。

ステージがさらに明るくなった。女の背後には、素っ裸の黒人青年が立っていた。背が高い。二メートル近くありそうだ。筋肉質の体軀《たいく》だった。

「3Pがはじまるのか」

村瀬が呟くように言って、生唾《なまつば》を呑《の》み下《くだ》した。伊沢は聞こえなかった振りをした。

スポットライトが赤くなった。同時に、BGMが流れはじめた。

男と女のデュエットだった。『ジュ・テーム』だったか。

歌というよりも、吐息交《ま》じりのセクシーな掛け合いだ。女の喘《あえ》ぐような歌声と男の低い囁《ささや》きが際限《さいげん》なくつづく。

ベッドの上の三人が動きはじめた。

黒人青年と東南アジア系の若者はまるで競《きそ》い合うような感じで、舌と唇で女に奉仕した。女もまた、交互に男たちの官能を息吹《いぶ》かせた。

三人はめまぐるしくポジションを替えながら、淫《みだ》らな行為に耽《ふけ》った。

どれほど経《た》ってからか、不意にスポットライトが消えた。客席に、小さなどよめきが起こった。

白色のスポットライトが灯《とも》ったのは、数十秒後だった。

女は、仰向《あおむ》けになった東南アジア系の若者の上に跨《また》がっていた。顔と顔を向け合っている。二人の体は繋《つな》がっていた。

黒人青年が女の背中を優しく押し、彼女の尻《ヒップ》を押し拡《ひろ》げた。青年の昂《たか》まりは、ワセリンと思われる脂《あぶら》でぎとついていた。彼は、後ろの部分を貫くつもりなのだろう。

伊沢は息を詰めて、見守った。

事は予想通りに運んだ。女が苦痛とも悦《よろこ》びともつかない声を放った。

白人客たちが口笛を吹き、下卑《げび》た野次《やじ》を飛ばす。伊沢は顔をしかめた。有色人種が不当に賤《いや》しめられたような気分に陥ったからだ。

円形ベッドが回転しはじめた。

どの客にも、結合部分を見せるためのサービスらしかった。男と男の間に挟まれた女は圧《お》し潰《つぶ》され、烈《はげ》しく揉み立てられた。女は、まるで肉のクッションだった。

数分後、三人は相前後して極《きわ》みに達した。スポットライトが消え、ＢＧＭが熄《や》んだ。

すぐにアコーディオン・カーテンが閉ざされる。

室内灯が点《つ》くと、客たちが一斉《いっせい》に吐息をついた。

コンパニオンたちが客席に散った。新しい飲みものをこしらえるためだ。

係のコンパニオンがワゴンに近づいてきた。彼女はひざまずいて、三人の飲みものを作りはじめた。手馴《てな》れた動作だった。

「これでライブショーは終わりかな？」

滝口がコンパニオンに声をかけた。

「いいえ、まだ始まったばかりです」

「次はどんなショーなんだい？」

「それは、お後のお楽しみです」

若いコンパニオンは淫靡《いんび》に笑い、テーブルから離れていった。

伊沢は滝口に語りかけた。

「たいしたショーじゃなさそうだな。もう引き揚げようや」

「本気かよ⁉」

「ああ」

「そんなに退屈だった？」

「というより、なんだか浅ましい感じがしてきたんだ。そのへんにいる中年のおっさんと同じだと思うと、なんか自分自身が情けなくなってきてな」

「禁欲的《ストイック》だな。健康な男はみんな、好色さ。それが健康のバロメーターでもあるしな」

「セックスっていうのは観るもんじゃなく、てめえでやるもんなんじゃないのか」

「そりゃ、そうだけどさ。たまには、こういう刺激もいいもんだぜ」

滝口はいったん言葉を切って、村瀬に話しかけた。

「どうする？」

「おれはどっちでもいいよ。ここはおまえの奢《おご》りなんだから、そっちが決めてくれ」

「なら、もう少しつき合えよ」

「おれはかまわないが……」

「そうか」

滝口が表情を明るませ、伊沢に確かめた。

「そういうことでいいか？」

「二対一じゃ、分《ぶ》が悪いな。多数決の世の中だから、おれももう少しつき合おう」

伊沢は苦笑して、ジャック・ダニエルズのオン・ザ・ロックを呷《あお》った。

大人げないことを言ってしまったか。テネシー・ウイスキーを喉《のど》に流し込みながら、伊沢は胸底で呟いた。

しばらくすると、不意に室内灯が消えた。

次のショーが開始されるらしい。ほどなくアコーディオン・カーテンが開き、ステージにスポットライトが灯《とも》った。

巨大な円形ベッドには、金髪の白人女が横たわっている。全裸だった。膝《ひざ》を立てていた。

女はウエストに黒いスカーフを巻きつけている。それが妙に煽情的《せんじょうてき》だ。

ＢＧＭはかからない。

女はバター色の髪を下から両手で掻《か》き上げながら、立てた両膝を大きく開いた。

その瞬間、客席がざわついた。ブロンドの女には、飾り毛がなかった。きれいに剃《そ》られていた。はざまの肉が爛《ただ》れたように赤い。

女は二十七、八歳だった。

美人だが、瞳《ひとみ》に輝きがない。口許《くちもと》も締まりがなかった。

女は自分の唇を舌の先で舐《な》めながら、豊満なバストを両手で揉みはじめた。

鴇色《ときいろ》の乳首は早くも硬く張りつめていた。乳暈《にゅううん》が広く、腫《は》れたように盛り上がっている。

肌は抜けるように白い。血管が透け、まるで葉脈《ようみゃく》のようだ。

マニキュアは真紅だった。それが細い指の白さを際立《きわだ》たせている。

少し経《た》つと、女は片手を股間《こかん》に伸ばした。

珊瑚色《さんごいろ》の亀裂《きれつ》に指を滑らせ、木の芽に似た突起を愛撫《あいぶ》しはじめた。

アラブ系の中年男が口の中で呻《うめ》き、ぐっと身を乗り出した。ステージまで三、四メートルしか離れていない。

伊沢は鼻を鳴らした。

その男は、女の秘めやかな部分から目を離そうとしなかった。時々、喉仏が上下に動く。自分たち三人も、コンパニオンたちの目には同じように映っているのだろう。

伊沢はそう考えただけで、気が滅入《めい》った。恥ずかしくもあった。

ステージの女はわざとらしく喘《あえ》ぎ、切なげに腰を迫《せ》り上げている。伊沢は白々しい気分になって、ロースト・ビーフを頬張《ほおば》った。

そのとき、アコーディオン・カーテンの陰から何かが飛び出してきた。

大型犬だった。グレートデンだ。体毛は白と茶のぶちだった。

「ジミー、おいで」

金髪の女が大型犬に英語で呼びかけた。

グレートデンは跳躍し、ベッドの上に移った。しなやかな身ごなしだった。

大型犬は命じられるままに、長い舌で女の全身を舐め回した。女は甘やかに呻《うめ》き、裸身をくねらせつづけた。

――あんなふうに調教されちまって。おい、ご主人さまに嚙みついてやれ。

伊沢は心の中で、グレートデンをしけかけた。

むろん、犬に気持ちが伝わるはずない。大型犬は女の中心部を丹念に舐め上げると、むっくりと身を起こした。体に発情のしるしが兆《きざ》していた。

客席に笑い声が渦巻いた。手を叩《たた》く者もいた。

大型犬は女の周《まわ》りをうろつき回り、ひと声高く吼《ほ》えた。焦《じ》れているらしい。

金髪の女が母国語で短く何か言い、四つん這《ば》いになった。

グレートデンが女の尻の背後に回り込む。すぐに女は顔をシーツに埋《うず》め、ふくよかなヒップを高く突き出した。

大型犬が喉を鳴らしながら、女の尻にのしかかった。がむしゃらに昂まったものを押しつける。

――おい、もうやめろっ。人間になんか飼い馴らされるな。おまえにだって、雄《おす》の誇りがあるだろうが！

伊沢はグレートデンを見ながら、胸の奥で叫んだ。目を背《そむ》けたくなるような光景だった。

犬の口から涎《よだれ》が滴《したた》った。

それは糸を曳《ひ》きながら、女の腰に落ちた。女が白い尻を振りはじめた。

グレートデンは前肢《まえあし》で女の背中や腰を引っ掻《か》きながら、勢いよく前後に動きだした。

思いなしか、その横顔は哀《かな》しげだった。

「もうやめるんだっ」

伊沢は無意識に口走り、フルーツスタンドから柿を掴み上げた。

それをステージに投げる。柿はグレートデンの尻にぶち当たった。

大型犬が甲高く鳴き、反射的に女から離れた。客席がざわめきたつ。

ブロンドの女が体を反転させた。

犬が離れた理由が呑み込めないらしく、きょとんとしている。グレートデンが四肢《しし》を踏んばって、客たちに烈《はげ》しく吼《ほ》えはじめた。

女が諌《いさ》めても、吼え止《や》まなかった。

スポットライトが消え、アコーディオン・カーテンが引かれた。室内が明るくなった。

「伊沢、なんだって柿なんか投げつけたんだよっ」

滝口が詰《なじ》った。

「すまない。なんであんなことをしたのか、自分でもよくわからないんだ」

「しっかりしてくれよ。それにしても、ちょっとまずいな」

「わかってる」

伊沢は滝口に言い、客の外国人たちに英語で詫《わ》びた。しかし、どの顔も険《けわ》しい。

アラブ系の二人が何か口汚く罵《ののし》りながら、大股《おおまた》で歩み寄ってくる。

伊沢は腰を上げた。すぐに滝口と村瀬が立った。

「勘弁してくれないか。連れは、ちょっと酔ってるんだ」

村瀬が伊沢を手で庇《かば》いながら、英語で弁解した。滝口も口を添えた。

しかし、男たちは耳を傾けようとしない。

口髭《くちひげ》をたくわえた三十五、六歳の男が、村瀬の胸倉を掴んだ。伊沢はわずかに横に動き、男の顔面にフックを叩き込んだ。無意識の反撃だった。

男がよろけた。

すかさず村瀬が、相手に体当たりをくれた。髭面の男は引っくり返った。

残った男が気色《けしき》ばみ、殴りかかってきた。パンチが届く前に、滝口が相手の向こう臑《ずね》を蹴《け》りつけた。骨の鳴る音が高く響いた。男が唸《うな》って、身を屈《かが》める。

滝口は、男の肩口に肘《ひじ》打ちを浴びせた。骨が鈍《にぶ》く鳴った。男が膝から崩れた。

「出よう」

伊沢は友人たちに目配せして、自分のジャケットを掴み上げた。

三人は出口に急いだ。

いくらも歩かないうちに、白人の一団に行く手を阻《はば》まれた。四人だった。揃って体格がいい。

「突破しよう」

滝口が低く言った。

伊沢たち三人は素早くスクラムを組み、すぐに床を蹴った。肩で男たちを弾《はじ》き飛ばし、廊下に走り出た。

用心棒らしい男が追ってきた。ひとりだった。

「てめえら、待ちやがれ！」

「あいつをやっつけよう」

伊沢は言って、立ち止まった。滝口と村瀬が同時に足を止める。

三人が身構えると、やくざ風の男は立ち止まった。数メートル離れた場所だった。

「おめえら、どう決着《オトシマエ》つけてくれんだよ。あん？」

「チンピラが粋《いき》がるんじゃねえ。匕首《ドス》なんか抜きやがったら、撃《ハジ》くぜ」

滝口が凄《すご》み返し、懐《ふところ》に右手を突っ込んだ。

「てめえら、堅気《ネス》じゃねえのか。だったら、北信会《ほくしんかい》の事務所で話《ナシ》つけようじゃねえかっ」

「うるせえ。とっとと失《う》せやがれ！」

「て、てめえら、逃《フケ》げるなよ。いま、若い者《もん》を呼んでくるからな」

男が震え声でほざき、部屋に駆け戻っていった。

「エレベーターが来たぞ」

ホールから、村瀬の声が響いてきた。伊沢はうなずいた。

「だらしのないヤー公だな。おれの威《おど》しにビビりやがって」

滝口がほくそ笑《え》んで、上着の中から右手を引き抜いた。ただの拳《こぶし》だった。彼は何も持っていなかった。

「役者だな」

伊沢は笑って、滝口の肩を小突いた。滝口は歯を見せずに笑った。いくらか得意顔だった。

「二人とも早く来いよ」

村瀬が急《せ》かした。

伊沢は滝口とエレベーターホールまで走った。早くも村瀬は体半分を函《ケージ》の中に入れていた。

三人は地下駐車場まで下《くだ》り、そこからマンションの裏側に出た。

数百メートル走り、後ろを振り返ってみた。追っ手の姿はなかった。

「おれがおかしなことをしたんで、せっかくのショーが台なしになっちまったな」

伊沢は歩きながら、友人たちに謝った。

「どうってことないよ」

「ああ、気にすることないさ」

滝口の声に、村瀬の言葉が重なった。どちらの声にも、労《いたわ》りが込められていた。

「西麻布《にしあざぶ》あたりで飲み直そうや」

滝口が提案した。伊沢と村瀬は即座に同意した。

このまま別れるのは、いかにも中途半端だ。場合によっては、飲み明かしてもいい。伊沢は、そんなふうに考えていた。

三人は車道に立った。

一分も待たないうちに、空車ランプを灯したタクシーが通りかかった。

伊沢は、手に持った上着を大きく振り回した。空車が近づいてきた。

3

あたりの空気が張りつめた。

伊沢は脚《あし》を組み替えた。目はビリヤード台に当てたままだった。

村瀬がキューを撞《つ》いた。

勢いよく転がりだした白い手球《てだま》は、二番の的球《まとだま》を弾いた。

当たった角度がよくなかったようだ。

弾かれた伊沢は、二番球の行方を目で追った。

的球は左奥コーナーに転がっていった。あまりスピードがない。転がり方が不安定だった。

思った通り、二番球はポケットに落ちなかった。穴の縁を掠《かす》めただけで、大きく跳ねてしまった。その後、村瀬はことごとく狙いを外した。そのままゲームオーバーになった。

「くそっ」

村瀬が歯嚙《はが》みした。

今度は伊沢の番である。彼はベンチから腰を上げ、自分のキューを摑み上げた。先端のタップに、滑り止めのパウダーを塗りつける。

麻布十番にある老舗《しにせ》のプールバーだ。

酒とビリヤードを娯《たの》しめる新趣向の酒場である。都内の盛り場には、十四、五年前からこの種の店が増えている。

しかし、店内には遊び好きの女子大生やOLたちの姿は見当たらない。客層は三十歳前後の男女が多かった。プールバーの草分けともいえる店だった。

さきほどから伊沢は、村瀬とナインボールに興じていた。滝口は、波の形にカーブをつけたカウンターでスコッチを傾けている。

ナインボールは、アメリカの若い世代に人気のあるゲームだ。

ルールはいたって単純で、勝負も早くつく。自分の手球を一番から順に当て、的球を一個ずつ台の隅にあるポケットに落としていく。最後の九番球を早くポケットに入れたほうが勝者になる。

「伊沢、お手やわらかにな」

ベンチに坐った村瀬が、不安そうな声で言った。

伊沢は曖昧《あいまい》な笑みを返して、ビリヤード台に近づいた。九つの的球を撞《つ》き崩し、緑色の盤面《ばんめん》を眺める。

的球の散り方は、さほど複雑ではない。

球《たま》は、ほぼ等間隔に散っている。手球との距離も申し分ない。

もし手球と的球がくっつき合っていたら、高度なテクニックが必要になってくる。場合によっては、キューを立てて垂直に撞かなければならない。

高校時代からビリヤードに親しんできた伊沢は、かなりの技《わざ》を身につけていた。といって、むやみに高度なテクニックを披露するのは気恥ずかしい。それ以前に、厭味《いやみ》だ。

ここは、素直に撞いてやろう。

伊沢はキューを構え、無造作に手球を走らせはじめた。小気味のいい音が響き、的球が次々にポケットに落下していく。そのつど、村瀬が嘆息する。

――わざとミスってやるか。しかし、それじゃ村瀬が傷つくだろう。

伊沢は思い直して、九番球もあっさりポケットに滑り込ませた。

村瀬がベンチから腰を浮かせた。

「やっぱり、おまえにはかなわない」

「このへんで、やめとくか？」

伊沢は言った。ちょうど五ゲームが終わったところだった。

「もちろん、やめるよ。このまま負けつづけたら、おれは破産しちゃう」

「言うことがオーバーだな」

「半分は冗談じゃないんだ。一ゲーム三千円の賭《か》け金だから、一万五千円の負けか。ちょっと痛いな」

「金はいいよ。こっちはセミプロだからな」

「しかし、負けは負けさ」

「いいって。おまえから、金なんか貰《もら》えない」

「伊沢、おまえはおれを哀れんでるのか？」

「ばかやろう、僻《ひが》むな」

「おれ、他人《ひと》に借りをつくりたくないんだ」

村瀬はチノパンツのポケットから、裸の一万円札と五千円札を引っ張り出した。どちらも皺《しわ》だらけだった。

伊沢は一度二枚の紙幣を受け取り、すぐにそれを村瀬の手の中に押し込んだ。

「これ、おまえに預けておくよ。余裕のあるときに返してくれ。言っとくが、恵んでやるんじゃないぜ。それなら、いいだろう」

「おまえって奴は。伊沢、恩に着るよ」

「何を言ってやがる。水臭いことを言うなって。まだ少し飲もう」

伊沢はキューをラックに戻し、カウンターに足を向けた。村瀬がすぐに肩を並べた。

カウンターに滝口の姿はなかった。

伊沢はスツールに腰かけ、視線を巡らせた。滝口は奥まったテーブルで、四十年配の男と話し込んでいた。知らない顔だった。

そのうち戻ってくるだろう。

伊沢は村瀬と飲みはじめた。

二人が水割りを半分ほど空けたころ、滝口が戻ってきた。しかし、彼はスツールに坐ろうとしない。伊沢は滝口に顔を向けた。

「知り合いがいたようだな」

「ああ。ちょっとした知り合いなんだ。それより、ここを出よう」

「なんだ、また河岸《かし》を変えるのか」

「六本木のホテルに行こう」

「ホテル？」

「ラブホテルだよ」

滝口が低い声で言った。すると、村瀬は素《す》っ頓狂《とんきょう》な声を上げた。

「ラブホだって⁉」

「声がでっかいよ」

滝口が窘《たしな》めた。

「だって、おまえがおかしなことを言い出すから」

「いま、説明する。おまえたちがビリヤードをやってるとき、そのホテルに電話して、おれ、女の子の手配を頼んだんだ」

「女の子って、どういうことなんだよ？」

「鈍いなあ。コールガールさ。そのラブホテルは、そういうことをやってるんだ。おれ、何回か遊んだことがあるんだよ」

「ちょっと待ってくれ。おれたちもコールガールと遊ぶわけ？」

「そう。ちゃんと三人の女を呼んでくれるよう頼んどいた」

「そういうのは、ちょっとまずいよ」

「村瀬、お堅いこと言うなって。本牧の秘密ショーで、おまえだって、そそられたはずだぜ。このまま帰るんじゃ、なんかすっきりしねえだろ？」

「それはそうだけどさ、やっぱり……」

村瀬が言い澱《よど》み、伊沢に縋《すが》るような眼差《まなざ》しを向けてきた。

伊沢は一拍置いてから、滝口に言った。

「せっかくだが、おれはプロの女とは寝ない主義なんだ。情感の伴《ともな》わないセックスは味気ないからな」

「伊沢、意外に古いんだな」

「おれたちは、もう見境もなく女が欲しいという年齢じゃないはずだ。滝口、そのホテルに電話して、断ってくれ」

「もう遅い。おれ、さっき三人分の料金を払っちゃったんだよ。おれがテーブル席で話してたのは、そのラブホテルの従業員なんだ」

「そうだったのか」

「そんなわけだから、いまさら断れない。それにおれ、久しぶりに女房以外の女を抱きたい気分なんだ。頼むよ。つき合ってくれ」

滝口が拝む真似をした。

「女を呼んでもらうのに、いくら払ったんだ？　おれの分と村瀬の分を払うよ」

「伊沢、そういう言い方はねえだろっ。おれは善《よ》かれと思って……」

「はっきり言って、ありがた迷惑だな」

「わかったよ。確かに、おれが軽率だった。それは認める。でもさ、今夜だけはおれのわがままを聞いてくれ」

「…………」

「それじゃ、こうしようぜ。三人でジャンケンをして、勝ち残った奴の意見に従うってのはどうだい？」

「なんかガキみたいだな」

「ちょっとな。でも、いいじゃないか。おれが負けたら、今夜はおとなしく帰ることにするよ」

「それじゃ、払った金がもったいないじゃないか」

横から、村瀬が口を挟んだ。伊沢は口を噤《つぐ》んだ。

「いいさ、十五万ぐらい。どうってことないよ」

滝口が村瀬に言った。

「おまえ、そんなに払ったの⁉」

「いっけねえ。つい口を滑らせちまったな。三人分だし、泊まりで呼んでもらったからな」

「そんな大金をはたいたんだったら、おまえだけでも遊んで来いよ。おれたちに遠慮しないでさ」

「そういうわけにはいかないよ。とにかく、ジャンケンしよう」

「弱ったな」

「おまえはライターなんだから、少しは遊んだほうがいいぜ。それに結婚したら、何かと不自由になる。取材を兼ねて、コールガールと遊んでみなって」

「人並みに好奇心はあるんだが、なんかやっぱりな」

「ジャンケン、ジャンケンしよう」

「おまえは言い出したら、聞かない男だからなあ」

とうとう村瀬は押し切られてしまった。伊沢は、敢えて異を唱《とな》えるのも面倒な気がしてきた。

三人はジャンケンをした。

滝口がパーで、伊沢は村瀬はグーだった。

「おれの勝ちだな。それじゃ、おれのわがままを通させてもらうぞ」

滝口が嬉しそうに言った。

伊沢は溜息《ためいき》をついて、立ち上がった。村瀬もスツールから滑り降りた。

店を出ると、三人は六本木に向かって歩きだした。

高級ラブホテル『ナイト・キャッスル』は、有名な蟹《かに》料理店の裏手にあった。マンション風の造りだった。

伊沢たちはエントランスロビーに入った。

小さなフロントに初老の男がいた。暗い印象を与える風貌《ふうぼう》だった。滝口が名乗ると、男は無言でホルダーのついた鍵《かぎ》を三つ差し出した。

「三部屋とも四階だな」

滝口がルームナンバーを確かめながら、低く呟いた。

「さようでございます」

「女の子たちは？」

「三人とも間もなく到着するはずです。お部屋でお待ちください」

「オーケー」

滝口がフロントマンに言い、伊沢と村瀬に部屋の鍵を渡す。

三人はエレベーターに乗り込んだ。四階で降り、おのおの部屋に向かう。

伊沢は、いちばん手前の四〇一号室に入った。村瀬が四〇二号室で、滝口が四〇三号室だった。

伊沢はドアを閉め、室内を眺め回した。

部屋は割に広かった。二十畳ほどのスペースはあるだろう。中央にダブルベッドが置かれ、窓際にソファセットが見える。

ビデオカメラや鏡の類《たぐい》はなかった。浴室の仕切り壁にも、マジックミラーは嵌《は》め込まれていない。シティホテルとほぼ同じ造りだった。

窓は厚手のドレープカーテンで閉ざされている。

伊沢は上着を脱いで、それをベッドの上に放った。それから彼は、コンパクトな冷蔵庫に歩み寄った。

庫内には、缶ビールがびっしり詰まっていた。バドワイザーとクアーズだった。どちらもアメリカ生まれのビールだ。

伊沢はクアーズを二缶抜き取った。

冷蔵庫の扉を閉め、その場でプルトップを引き抜いた。ビールは、ほどよく冷えていた。

伊沢はふた口で空けた。二本目の缶ビールを持って、ソファに坐り込む。

──妙な流れになっちまったな。やって来る女の子をすぐに帰したら、その娘《こ》を傷つけることになる。

伊沢は新しいクアーズの栓を抜き、ひと口啜《すす》った。ひどく気が重かった。

数分後、ドアがノックされた。

伊沢は立ち上がって、出入口まで小走りに走った。ドアを開けると、ワンレングスの若い女が立っていた。二十一、二歳だろう。

茶系のスーツ姿だ。白い絹のブラウスが女っぽさを演出している。細面《ほそおもて》の顔は割に整っていた。

伊沢が微笑すると、女はほほえみ返してきた。笑顔が愛くるしい。嫌いなタイプではなかった。

「呼んでくれて、ありがとう」

女がこころもち頭を下げた。

「おれが呼んだわけじゃないんだ」

「えっ、どういうことなの？」

「きみらを呼んだのは、おれの悪友なんだよ。四〇二号室と四〇三号室に、おれの連れがいるんだ」

「そうなの」

「それはともかく、ずいぶん早かったね」

「タクシーを飛ばしてきたの。お客さんを待たせちゃ、悪いでしょ？」

「きみは偉いんだな」

「だって、これがわたしの仕事《ビジネス》だもの」

「それにしても、いい心がけだよ」

「あっ、自己紹介が遅れちゃったわね。初めまして、美里《みさと》です」

「おれは伊沢っていうんだ」

「若い男性でよかった。いつもは、おっさんが多いの」

「とにかく入らないか」

伊沢は、美里と名乗ったコールガールを部屋に招き入れた。ソファに美里を坐らせる。

「缶ビール、飲むかい？」

「ええ、いただくわ」

「バドワイザーとクアーズがあるんだ。どっちがいい？」

「それじゃ、バドを貰うわ」

美里が応じた。

伊沢は冷蔵庫から缶ビールを取り出し、美里の前に坐った。美里が栓を引き抜きながら、伊沢に言った。

「優しいのね、あなたって」

「なんだい、唐突に」

「たいていのお客さんはわたしが部屋に入るなり、『おい、脱げよ』なの。それで時間ぎりぎりまで、わたしの体を放そうとしないのよね」

「それは、きみがセクシーだからさ」

「ううん、そうじゃないと思うわ。みんな、元を取らなきゃ損だと考えてるのよ」

美里が乾いた口調で言った。伊沢は、どう答えていいのかわからなかった。黙って飲みかけのクアーズを掴み上げる。

「あなた、なにしてる男性《ひと》？」

ビールで喉を潤《うるお》してから、美里が問いかけてきた。

「なんに見える？」

「自由業っぽい感じね。デザイナーかな？」

「想像にまかせるよ。きみは女子大生かい？」

「ううん、プロの娼婦《しょうふ》よ」

「娼婦とは、ずいぶん古風な言い方だね」

「コールガールなんて英語で呼ばれるくらいだったら、いっそ娼婦と呼ばれたほうがいいわ」

「面白い子だな」

「あなたこそ、変わってるわ」

「どこが？」

「ちっともガツガツしてないところがね」

「きみのような女性の扱いに馴れてないんだよ。ただ、それだけさ」

「嘘《うそ》ばっかり！　けっこう遊んでるように見えるわ」

「ほんとだよ。初対面の女の子とベッドを共にするのは、どうも苦手なんだ」

「セックスなんて、スポーツと同じだと思うけどな。わたしはスポーツをビジネスにしちゃってるわけだけどね」

「何か目的があるんだろ？」

「えっ？」

美里は、質問の意味がわからなかったようだ。伊沢は言い直した。

「こういう仕事をしてるのは、それなりの理由《わけ》とか目標があるわけだろ？」

「わたし、ブティックのオーナーになりたいの」

「なるほどね。それにしても、若い子は思い切りがいいんだな」

「なんか年寄りっぽい言い方ね」

「もう三十二だからな」

「わーっ、そんなにいってるの⁉　ずっと若く見えるわ」

「気ままな暮らしをしてるから、若く見えるんだろう。それとも、ばかだからかな」

「そんな」

「美里って、姓かい？」

「ううん、名のほうよ。名字は白石《しらいし》っていうの。これ、本名よ。仕事仲間は、みんな、偽名を使ってるけどね」

「なんで本名を隠そうとしないんだい？」

「売春は法律に触れることだけど、わたし、別に恥ずかしいことをしてるとは思ってないの。売れるものを売ってるだけだもん」

美里が、あっけらかんと言った。

「きみぐらいの年頃《としごろ》の子はどうもよくわからないな」

「年齢がどうとかっていうより、所詮《しょせん》、他人のことなんてわからないんじゃない？　自分のことだって、よくわからないでしょうが？」

「きみの言う通りかもしれない」

「あなたって、正直なのね」

「正直？」

「そう。さっき偽名を使わなかったし、変な背伸びもしなかったわ。伊沢って名前、きっと本名ね」

「そんなこと、どうしてわかるんだい？」

伊沢は訊《き》いた。

「あなた、すんなりと名乗ったもん。偽名を使うお客さんはね、例外なく少し口ごもるのよ。それから、だいたい目を逸《そ》らすわね」

「なかなか鋭いんだな」

「そんなに感心することじゃないと思うけどな」

美里が不思議そうに呟き、バドワイザーを呷った。飲みっぷりがいい。かなりいける口なのだろう。

「おかしなことを訊くが、きみはこのホテルの専属なのかな？」

「ううん、そうじゃないわ。あっちこっちで仕事をしてるの」

「そうなのか」

「いまの質問、何か意味があるわけ？」

「いや、別に。なんとなく訊いてみただけさ」

「ふうん」

会話が途切れた。

伊沢はラークマイルドに火を点《つ》けた。煙草でも喫っていないと、どうにも間《ま》が保《も》たない。

美里が短い沈黙を破った。

「家でシャワーを浴びてきたから、そろそろベッドインする？」

「悪いが、その気になれないんだ」

「わたしじゃ、気に入らないのね？」

「いや、そうじゃないんだ。きみがどうだっていうことじゃないんだよ」

「なんかよくわからないわ」

「おれは、男と女が寝るにはある種の情感があったほうがいいと考えてるんだよ。だから、きみは適当に帰ってくれていいんだ」

「そんなことできないわ」

「なぜ？」

「こっちだって、プロなのよ。ばかにしないでもらいたいわっ」

美里が怒気を含んだ声で言い、すっくと立ち上がった。彼女はベッドのそばまで歩《ほ》を進め、そこで衣服を脱ぎはじめた。

――やっぱり、相手を傷つけちゃったな。どうなだめようか。

伊沢は途方に暮れた。

美里が生まれたままの姿になった。乳房も股間も隠そうとしない。伊沢は、目のやり場に困った。

「事情はどうあれ、あなたはわたしを抱くべきだわ！」

美里が硬質な声を響かせた。

伊沢は、なぜか彼女に挑むような心持ちになった。美里を直視する。美里は彫像のように動かなかった。

均斉のとれた肢体だった。

肌は陽灼《ひや》けして浅黒かった。グアムか、サイパンあたりで灼いてきたのかもしれない。水着の跡が妙に生白かった。

胸の隆起は砲弾型だった。

小ぶりの蕾《つぼみ》が愛らしい。腰の曲線はみごとだった。砂時計を想《おも》わせる体型である。腿《もも》の肉づきもほどよい。飾り毛は濃く、艶《つや》やかだ。

美里の裸身を眺めているうちに、意思とは裏腹に体に変化が生まれた。慌《あわ》てて伊沢は、視線を逸《そ》らした。

だが、いったんめざめた欲望は容易に萎《な》えなかった。それどころか、猛《たけ》る一方だった。

「こんなの、残酷よ。惨《むご》すぎるわ。わたしは娼婦なのよ。男に抱かれることが仕事なのに」

美里は言い募《つの》ると、急に下唇をきつく噛んだ。黒目がちの瞳は、うっすら潤《うる》んでいた。

伊沢は狼狽《ろうばい》した。烈《はげ》しく胸を衝《つ》かれた。伊沢は何か見えない力に衝き動かされ、おもむろに腰を上げた。

足を踏み出すと、たちまち肚《はら》が決まった。

伊沢はまっすぐ突き進み、裸の美里を抱き竦《すく》めた。

鼻腔《びこう》に香水の馨《かぐわ》しい匂《にお》いが滑り込んできた。香水はジェ・オゼだろう。官能を煽《あお》られた。

伊沢は両腕に力を込めた。

鳩尾《みぞおち》のあたりで、美里の張りのある乳房が平たく潰《つぶ》れた。弾みが快かった。

「ありがとう」

美里が和《なご》んだ声で囁き、そっと瞼《まぶた》を閉じた。長い睫毛《まつげ》には、光る粒が宿っていた。

伊沢は両手で、美里の頬を挟みつけた。

親指の腹で美里の涙を拭《ぬぐ》ってから、彼は顔を傾けた。唇を重ねると、美里が情熱的に吸い返してきた。情感の籠《こも》ったくちづけだった。

伊沢は、下腹部が一段と熱を孕《はら》むのを感じた。女友達の朝比奈《あさひな》まゆみを抱いたのは、もう十日も前だった。

伊沢は美里と舌を絡《から》めたまま、ベッドに倒れ込んだ。

4

「いい体してるのね」

美里が低く呟き、伊沢の厚い胸に人差し指を滑らせた。幾分、くすぐったかった。

伊沢は返事の代わりに、美里の髪を五指で梳《す》いた。

二人は情事の余韻に身を委《ゆだ》ねていた。

美里は狂おしげに伊沢の肌を求め、何度も極みに駆け昇った。伊沢も燃えた。若いながらも、美里は男の体を識《し》り抜いていた。どの愛撫も巧《たく》みだった。

「ねえ、何かスポーツをやってたんでしょ？」

美里の熱い息が、伊沢の鎖骨に降りかかった。

「高校のときにボクシング、大学ではラグビーをやってたんだ」

「それで、筋肉がこんなに発達してるのね。でも、ボディービルダーみたいに不恰好《ぶかっこう》じゃないわ」

「そうかい」

「シルエットは、とてもすっきりしてる。背が高いせいかしら？」

「さあ、どうなのかな」

伊沢は照れ臭くて仕方がなかった。

「わたし、なんだか恥ずかしいわ」

「どうして？」

「すっごく乱れちゃったから。おじさんたちに同じことをされても、ちっともよくならないのに。なんだか不思議だわ」

「おれも、ちょっと照れ臭いよ」

「あら、なんで？」

「きみを抱く気はないみたいなことを言っておきながら、こういうことになっちゃったわけだから。なんかみっともないよな」

「あなたは、他人の気持ちに敏感なのよ。だから、わたしのプライドを踏みにじらないように抱いてくれたんでしょ？」

「そんなんじゃない。きみの魅力に負けたのさ。実際、きみはすばらしかったよ」

「あなたも最高だったわ。ビジネスでこんなに深く感じたのは初めてよ。これじゃ、プロとして失格ね」

「そうかもしれないが、おれは悪い気分じゃないな」

「よかったら、また呼んで」

「そうしたいが、おれはあまりリッチじゃないんだ」

「ビジネス抜きでもいいの」

美里が真顔《まがお》で言った。

「そんなことをしたら、彼氏にぶっ飛ばされるぜ」

「わたし、いま空き家なの。先々月、つき合ってたスタジオ・ミュージシャンと別れちゃったのよ」

「ふうん」

「そいつ、ヒモ気取りになってきたから、こっちから逃げ出しちゃったの」

「いかにも、きみらしいな」

「あなたとは、また会いたいわ。後で、わたしの携帯電話の番号を教える。迷惑かしら？」

「そんなことはないが……」

伊沢は言葉を濁して、口を閉じた。美里も黙り込んだ。

少し経つと、伊沢は煙草が喫《す》いたくなった。仰向けのまま、ナイトテーブルの上のラークマイルドを摑んだ。すると、美里が静かに身を起こした。

「一緒にシャワーを浴びない？」

「後から行くよ。一服したいんだ」

「それじゃ、お先に」

美里はベッドを降りると、浴室に直行した。裸のままだった。くりくりと動く白桃のようなヒップが悩ましかった。

伊沢は腹這いになって、紫煙をくゆらせはじめた。

村瀬と滝口はどうしているのか。一服しながら、伊沢はぼんやりと思った。快い虚脱感はまだ尾を曳《ひ》いていた。

伊沢は煙草を喫い終わると、浴室に足を向けた。

軽くノックして、浴室のドアを開ける。ちょうど美里が立ち上がったところだった。洗い場である。彼女は首から踝《くるぶし》まで白い泡に塗《まみ》れていた。

「ソフトクリームみたいだな」

「このボディーソープ、ものすごく泡立ちがいいの。あなたの体、洗ってあげる」

美里はシャワーで手早く泡を洗い落とすと、すぐに伊沢の全身を洗いはじめた。タオルは使わなかった。両手で直《じか》にソープ液を泡立て、柔らかな掌《てのひら》で撫でるように洗ってくれた。悪くない洗い方だ。

伊沢は、なんだか自分が幼い子供に戻ったような気がした。遠い昔に、祖母が同じやり方で洗ってくれたことがあった。

「先に出てて。わたし、ちょっと洗い場をきれいにしておくから」

美里は伊沢の体を洗い終えると、いくらか照れ臭そうに言った。意外な言葉だった。伊沢は何か清々《すがすが》しいものを感じた。

「後でビールでも飲みながら、少しお話ししない？」

「そうしよう。先に上がるぜ」

伊沢は浴室を出て、備えつけの青いバスローブに腕を通した。少し丈が短かった。伊沢はベッドのある部屋に戻り、ソファに腰かけた。残りの缶ビールで、喉の渇きを癒《いや》す。ビールは半《なか》ば気が抜けていた。

脚を組んだときだった。

隣の四〇二号室で、男の叫び声がした。村瀬の声だ。ハッスルしすぎて、太股の筋肉でも攣《つ》れたのだろうか。

伊沢は耳をそばだてた。

数秒後、またもや村瀬が声をあげた。今度は、悲鳴に近い絶叫だった。

ただごとではなさそうだ。

伊沢は緊張した。

何か悪い予感が胸をよぎった。伊沢は立ち上がって、部屋を飛び出した。

廊下を駆けはじめたとき、四〇二号室のドアが乱暴に開いた。中から、剃髪頭《スキンヘッド》の男と全裸の女が転がるように走り出てきた。

女はコールガールのようだ。

丸めた衣服やパンプスを胸に抱えている。長いストレートヘアは栗色《くりいろ》だった。しかし、どう見ても日本人だ。ヘアダイで染めているにちがいない。

頭を剃り上げた男は、右手に消音器を嚙ませた自動拳銃《オートマチック》を握っていた。ワルサーP5だった。

伊沢は拳銃《けんじゅう》に精《くわ》しかった。

実射経験も豊富だ。グアムやロサンゼルスの射撃練習場《シューティング・レンジ》で各種の拳銃《ハンドガン》を撃ちまくっている。

怪しい男女は、伊沢の姿が目に入らなかったようだ。四〇三号室側に走っていく。

「おい、ちょっと待て！」

伊沢は二人の背中に声を投げつけた。

二人がぎくりとして、足を止めた。男が振り向きざまに発砲してきた。銃口炎《マズル・フラッシュ》が瞬《また》き、銃口が上下に揺れた。くぐもった発射音は、軽い咳《せき》よりも小さかった。

伊沢は身を伏せた。

頭髪が逆立《さかだ》ち、すぐに薙《な》ぎ倒された。衝撃波のせいだ。放たれた弾丸が頭上を掠《かす》めたのである。

「くたばっちまえ」

男が三白眼《さんぱくがん》の目を血走らせ、憎々しげに喚《わめ》いた。ふたたび銃口が小さな火を吐く。

伊沢は廊下のカーペットの上を転がった。

頭の中は空っぽだった。自然に体が動いていた。銃弾は当たらなかった。弾道は大きく逸《そ》れていた。

男が忌々《いまいま》しげに舌打ちした。女が切迫した声で、男に何か訴えた。

伊沢は敏捷《びんしょう》に跳ね起きた。

拳銃を持った男と素っ裸の女は、廊下を走りはじめていた。二人の十数メートル先には、階段の降り口があった。

追うべきか。

伊沢は一瞬、迷った。すぐに迷いは消えた。伊沢は四〇二号室に駆け込んだ。やはり、村瀬が気がかりだった。

室内には、硝煙《しょうえん》が厚く立ち込めていた。火薬の臭《にお》いが鼻を衝《つ》く。

伊沢はむせながら、奥に進んだ。

ベッドの近くに、裸の村瀬が倒れていた。俯《うつぶ》せだった。

背中と首の後ろが赤い。血だった。

銃創から、粘っこい血糊《ちのり》が噴《ふ》いている。幾条《いくすじ》かの赤い線が床を這っていた。血の色は、哀しいまでに鮮やかだった。シーツにも、血しぶきが点々と散っている。

「村瀬、しっかりしろ！」

伊沢は友人を抱き起こした。

いくら名を呼んでも、返事はなかった。村瀬は虚空《こくう》を睨《にら》んだまま、瞬《まばた》きひとつしない。伊沢は、村瀬の手首を取った。肌は生温かかったが、脈動は伝わってこない。

「村瀬ーっ」

伊沢は声を放った。

ショックが大きすぎるからか、涙は込み上げてこなかった。体の芯《しん》だけが妙に寒い。

誰かが部屋に走り入ってきた。

伊沢は顔をあげた。バスローブをまとった滝口が近くに立っていた。

「いったい何があったんだ？」

「村瀬が死んでしまった」

伊沢は短く告げた。

滝口が驚きの声をあげ、屈《かが》み込んだ。それから彼は、村瀬の肩を揺さぶりつづけた。

伊沢は経過を話した。話し終えると、滝口が言った。

「それじゃ、そのスキンヘッドの男が村瀬を撃ち殺したんだな？」

「ああ、おそらくな」

「いったい、そいつは何者なんだっ」

「逃げた二人は、まだそう遠くには行ってないだろう。滝口、捜してみよう」

伊沢は遺体に毛布を掛けると、滝口と廊下に走り出た。

二人はエレベーターで一緒に降りた。ロビーには、誰もいなかった。フロントにも従業員の姿はない。

「女は素っ裸だったんだろ？」

滝口が確かめるように訊いた。

「ああ」

「それじゃ、まだ地下駐車場にいるかもしれないぞ。車の中で服を着てるとこなら、いいんだが。伊沢、行ってみようぜ」

「そうしよう」

二人は、エレベーターホールの脇《わき》にある階段を駆け降りた。

駐車場には、七、八台の乗用車が駐《と》まっていた。

伊沢と滝口は車の中はもちろん、コンクリートの支柱の陰まで覗き込んだ。しかし、人っ子ひとりいなかった。

二人はスロープを駆け上がり、表に走り出た。手分けして付近を調べてみたが、剃髪頭《スキンヘッド》の男も栗色の髪の女も見当たらなかった。

「もう逃げたらしいな」

息を弾ませながら、滝口が言った。

「おれは奴らを追うべきだったよ」

「仕方がないさ。伊沢、おまえはひと足先に部屋に戻って、着替えをしてくれ」

「おまえはどうするんだ？」

「支配人に会ってくる。何かわかるかもしれないからな」

「そうだな。それじゃ、頼んだぞ」

伊沢たちはホテルに戻り、フロントの前で別れた。

四〇一号室に戻ると、クリーム色のバスローブを着た美里が心配顔で問いかけてきた。

「伊沢さん、何があったの？」

「きみは四〇二号室の騒ぎに気がつかなかったのか？」

「騒ぎって何なの？」

「隣の部屋で、おれの親友が撃ち殺されたんだ」

伊沢はそう前置きして、経過を順序立てて話した。

「それで、あなたは？」

「無傷だよ。それよりも、きみは隣の部屋に来た女の子のことを知ってるかい？」

「知らないわ。ここには、いろんなクラブの子が出入りしてるから、同業といっても別につき合いはないの」

「クラブって、要するにコールガールの組織だね？」

「ええ。表向きはモデルクラブになってるとこが多いみたいだけど、実態はデートクラブなの。ここの支配人に訊いてみたら？」

「もうひとりの友達が、そっちのほうはやってくれてるんだ」

「そうなの」

「きみは消えたほうがいいな。まごまごしてると、警察の連中がやって来るぞ」

「ええ、消えるわ。ビジネスのことがバレたら、あなたにも迷惑がかかっちゃうから」

美里がバスローブを脱ぎ捨て、身繕《みづくろ》いに取りかかった。伊沢も着替えはじめた。身仕舞いを終えると、美里が言った。

「わたしに協力できることがあったら、遠慮なく言って」

「それじゃ、一応、きみの携帯の番号を聞いておこう。後日、何か訊きたいことが出てくるかもしれないからな」

「そうね。いま、書くわ」

美里はシャネルのセカンドバッグから手帳を取り出し、白い豆鉛筆を走らせた。そのページを引き千切《ちぎ》り、彼女が差し出した。

「昼間だったら、だいたいマンションにいるわ」

「そう」

伊沢はメモを受け取った。それには、携帯電話の番号だけが記《しる》されていた。

美里はルージュを引くと、あたふたと部屋から出ていった。入れ代わりに、スーツ姿の滝口がやって来た。ネクタイは結んでいない。

「どうだった？」

向き合うと、伊沢は先に口を切った。

「いま支配人に会ってきたんだが、スキンヘッドの男の正体はわからなかったよ」

「そうか。おそらく、あの男は従業員の目を盗んでホテルに入り込んだんだろう」

「多分、そうなんだろうな」

「村瀬の相手をしたのは、髪を栗色に染めた女か？」

「ああ。理沙《りさ》とかいう娘《こ》らしい」

「その娘が所属してるデートクラブは？」

「理沙は、フリーのコールガールらしいんだよ。ここの支配人がダンスクラブでスカウトしたって話だったが、彼女の連絡先はまったくわからないそうだ」

「滝口、それはちょっと変なんじゃないか。現に理沙はこのホテルにやって来て、村瀬の相手を務めたんだぜ」

「理沙って子は金が欲しくなると、自分のほうから連絡してくるらしいんだ。きょうも、そうだったという話だった。それで理沙は、近くのパブレストランで待機してたんだってさ」

「そうなのか。となると、理沙って娘《こ》には接触できないな。そのパブレストランは、理沙の行きつけの店なんだろうか」

「いや、そうじゃないみたいだな。支配人にそのことを訊いてみたんだが、理沙はたまたまその店に入ったようなんだ」

「あの女は逃げるとこをおれに見られてるから、もうこのホテルで客をとることはないだろうな」

「ああ。容疑者を目撃してても、これじゃ、お手上げだな」

「なんてことだ」

「伊沢、スキンヘッドの男は理沙という子の彼氏なんじゃないか？　きっとそいつは自分の女が体を売ってると知って、逆上したんだよ。それで、客の村瀬を……」

「そういう場合、普通は自分の女のほうに憎悪を感じるものなんじゃないのか？」

「そうか、そうかもしれないな」

「どっちにしても、あの男は堅気じゃなさそうだ。拳銃なんか持ってたからな」

「おれが村瀬やおまえを強引に誘ったばかりに、こんなことになっちまって」

滝口が急にうなだれた。すぐに伊沢は口を開いた。

「おまえのせいじゃないさ。あいつは、村瀬は運が悪かったんだよ」

「しかし、おれ……」

「滝口、二人で村瀬を殺《や》った奴を捜し出そう。いま、おれたちがあいつにしてやれることはそれしかないと思うんだ」

「そ、そうだな」

滝口は湿った声で答え、唇を強く引き結んだ。その目には、涙が盛り上がっていた。

伊沢の胸にも、悲しみと憤《いきどお》りが拡《ひろ》がった。

脳裏には、グラウンドを走り回る村瀬の姿がにじんでいた。ランニングパスをするシーンは、いつまでも消えなかった。

「支配人は、もう一一〇番したんだろ？」

伊沢は滝口に確かめた。滝口が無言でうなずく。

「そうか」

「おれが村瀬を殺したようなもんだな」

「もう自分を責めるのはよせ。いくら責めたところで、死んだ人間が生き還《かえ》るわけじゃないんだ」

「村瀬にどう償《つぐな》えばいいんだよ？　伊沢、教えてくれ！」

滝口は悲痛な声で叫ぶと、喉の奥でむせび泣きはじめた。

伊沢は口を開きかけ、言葉を呑み込んだ。嗚咽《おえつ》が高くなったからだ。

数分経ち、パトカーのサイレンがけたたましく響いてきた。胸を抉《えぐ》るような音だった。

伊沢は滝口と向き合ったまま、その場に立ち尽くしていた。

第二章　魔手

1

畳が赤い。

西陽《にしび》のせいだ。弔問客《ちょうもんきゃく》は一様《いちよう》に黙りこくっていた。

村瀬浩一の部屋である。ごくありふれた木造モルタル塗りのアパートだ。西武池袋線の東長崎《ひがしながさき》駅の近くだった。

伊沢は、さきほどから村瀬の遺体を見つめていた。

胸は、悲しみに領されていた。昨夜、六本木のラブホテルから東大の法医学教室に運ばれた村瀬の亡骸《なきがら》はきょうの午前中に司法解剖され、午後になってアパートに搬送されたのである。

いまは仮通夜《かりつや》だった。本通夜は明晩、郷里の信州で執《と》り行なわれることになっていた。

「浩一さん、なんでこんなことに……」

高見麻子《たかみあさこ》が涙声で叫び、北枕に安置された亡骸に近づいた。故人の婚約者である。

——かわいそうに。

伊沢は胸底で呟《つぶや》いた。

麻子が死者の顔面を覆った白い布を捲《めく》った。誰かが小さく叫んだ。麻子は恋人だった男の顔に頰擦《ほおず》りし、人目も憚《はばか》らずに泣きじゃくりはじめた。

伊沢は胸が軋《きし》んだ。

麻子に何か慰めの言葉をかけてやりたかった。しかし、伊沢は立ち上がれなかった。言葉で力づけたところで、麻子の悲しみはそう簡単には薄らがないだろう。

祭壇の脇《わき》に坐《すわ》っていた村瀬郁恵《いくえ》が、そっと立ち上がった。村瀬の姉だ。郁恵は上諏《かみす》訪《わ》から駆けつけてきたのである。

村瀬の姉が麻子のかたわらに腰を落とし、無言で弟の婚約者の肩を撫《な》ではじめた。麻子の泣き声が一段と高まる。

痛ましい光景だった。

伊沢は目を逸《そ》らした。その直後、弔《とむら》い客の中の女性が釣られて泣きだした。村瀬が出入りしていた雑誌社の若い編集者だった。

彼女の後ろには、故人のライター仲間が五、六人いた。その横に、大学時代のラガー仲間たちが並んでいる。

寂しい仮通夜だ。

僧侶《そうりょ》の姿はなかった。弔問に訪れた友人や知人が、花と線香を手向《たむ》けるだけだった。供養のビールと握り寿司《ずし》に手をつける者は少なかった。

「伊沢、ちょっと」

隣に坐った滝口が目配せして、静かに立ち上がった。伊沢は腰を上げ、滝口の後につづいた。

狭いキッチンを抜け、二人は外廊下に出た。向かい合うと、滝口が低い声で切りだした。

「おれ、もう耐えられない。麻子さんと村瀬の姉さんに事実を打ち明けて、謝罪する」

「待てよ。本当のことを話しても、二人を困惑させるだけじゃないか」

「しかし、このままじゃな」

「いいか、滝口！　このまま、嘘《うそ》をつき通すんだ。昨夜《ゆうべ》、おれたち三人は泥酔して、強引にあのホテルに泊めてもらった。あくまでも、そういうことにしておくんだ」

「伊沢……」

「村瀬の姉さんには折を見て、おれが事実を話す。しかし、麻子さんにはずっとコールガールのことは伏せておくんだ。いいな！」

伊沢は諭《さと》すように言った。一拍置いて、滝口が呟いた。

「ほんとにこのままでいいんだろうか」

「くどいぞ、おまえ。取り返しのつかないことをくだくだと言ったって、始まらないだろうが！　さ、部屋に戻ろう」

伊沢は滝口の肩を軽く叩《たた》いた。

そのとき、外廊下の向こうから二人の男がやってきた。麻布署の刑事たちだった。中年と若い男のコンビだ。

「やあ、きのうはどうも！」

中年の刑事が片手を挙げて、せかせかと歩み寄ってきた。肉づきはよかったが、背は低い。

伊沢は、立ち止まった刑事に話しかけた。

「村瀬を殺《や》った男、わかったんですか？」

「ずいぶん、せっかちな人だね。いくら日本の警察が優秀でも、きのうのきょうじゃねえ」

「でも、何か手がかりぐらいは？」

「犯人は暴力団関係者だな」

「そんなことは素人のわれわれにだって、わかりますよ。一般市民は拳銃《けんじゅう》なんか持ってませんからね」

伊沢が皮肉を込めて笑うと、中年刑事は早口で言った。

「いやいや、それがそうでもないんですよ。最近は、ごくまともな社会人の中にも拳銃を隠し持ってる奴がいるんだ。もちろん、数は少ないけどね」

「ちょっと認識が甘かったかな」

「まあね。ところで、お二人とも本当のことを話してくれませんか」

刑事は妙な笑い方をして、伊沢と滝口を交互に見た。

「きのうの事情聴取で、何もかも話したつもりだがな」

伊沢の声に、若い刑事の怒声が被《かぶ》さった。

「とぼけるんじゃないよっ」

「そういう言い方はないでしょ！　それじゃ、まるで被疑者扱いじゃないか」

「あんたたちが隠しごとをしてるからさ」

「隠しごととは、穏《おだ》やかじゃないな」

伊沢は、同世代の刑事を睨《にら》みつけた。相手が睨み返してきた。

「まあ、まあ」

中年の刑事が執《と》り成《な》すように言って、伊沢に鋭い視線を向けてきた。

「殺された村瀬さんはね、スキンをつけたままだったんですよ」

「えっ」

伊沢は虚を衝《つ》かれた思いだった。昨夜は気が動転していたせいか、そのことにはまったく気がつかなかった。

「スキンの中には、精液が溜《た》まってた。また、コンドームには女の分泌液が付着してた。それからベッドには、女のものと思われる栗色の長い髪が数本落ちてたんですよ」

「おそらく村瀬はひとりで街に出て、女の子を引っかけたんでしょう。こっちはすぐに眠っちゃったから、正確なことはわかりませんがね」

伊沢は言い繕《つくろ》った。

「警察もなめられたもんだな」

「何が言いたいんです？」

「伊沢さん、あんたの泊まった部屋もついでに調べさせてもらったんですよ。ベッドから、女性のものと思われる陰毛が出てきた。滝口さんの部屋からは、何も出てこなかったけどね」

「刑事さん、あそこはラブホテルなんですよ。シーツに女のヘアが落ちてても、ちっとも不思議じゃないでしょ？　多分、休憩の客が使ったシーツを取り替えなかったんでしょう」

「安い連れ込み旅館なら、そういうこともあるかもしれないね。しかし、あそこは高級ラブホテルだよ。そういうことは常識的に言って、まず考えられないね」

「しかし、おれは独りでしたよ。そうだったよな？」

伊沢は振り返って、滝口に同意を求めた。すぐに滝口が大きくうなずく。

「あんたたち、何をそんなに恐れてるんだね？　警察だって、個人の秘密はちゃんと守りますよ。昨夜《ゆうべ》、あんたたちはどこかで女の子を三人引っかけて、あのホテルに連れ込んだんだろう？」

「違いますよ」

伊沢は手を横に振った。

「それともホテルでコールガールを呼んでもらって、自由恋愛ってやつをしたのかね？」

「何度言ったら、わかってもらえるのかな。おれたち三人は酔っ払って……」

「その作り話は、もう聞き飽《あ》きたよ。男が三人、なぜラブホテルに泊まらなきゃならないんだね。しかも、ひとりずつ部屋を取ってだって？　ふざけないでもらいたいね」

「これ以上粘っても、無駄ですよ。われわれは、きのうから事実を喋《しゃべ》ってるんだから」

「あんたも、なかなかしぶとい男だな。きょうのところは、これくらいにしておいてやろう」

中年刑事は若い連れを見やって、顎《あご》をしゃくった。二人の刑事は村瀬の部屋に入っていった。

「刑事には、事実を話してもよかったんじゃないのか？」

滝口が声をひそめて、そう言った。伊沢は首を横に振って、重々しく答えた。

「いや、これでいいんだ」

「おまえ、おれのことを気遣ってくれたんだろ？　おれは女房持ちだからな」

「それもあるが、警察に先を越されたくなかったんだ」

「まさかおれたちだけで、犯人捜しを⁉」

「おれは、そのつもりだよ。滝口、降りたいんだったら、降りてもいいぜ」

「なにも降りたいなんて言っちゃいないだろっ」

滝口が、むっとした顔で言った。

「どこまでやれるかわからないが、おれはこの手で村瀬を殺《や》った奴を取っ捕まえたいんだ。村瀬には借りがあるからな」

「学生時代のあのことか」

「ああ」

伊沢たち三人は大学三年の夏に、北海道をヒッチハイクした。

旅行中に地元のチンピラたちに絡まれ、大乱闘になった。形勢が不利になると、相手の男たちが次々に懐から匕首《あいくち》を取り出した。

それでも、三人は怯《ひる》まなかった。

伊沢は隙《すき》を衝《つ》かれて、背中を刺されそうになった。そのとき、村瀬が相手に組みついてくれたのだ。

　そのため、彼は脇腹を刃物で抉《えぐ》られてしまった。幸いにも傷は浅かった。村瀬は半月ほど入院しただけだった。とはいえ、伊沢は未《いま》だにそのことで負い目を感じていたのである。

「おれにだって、借りはある。伊沢の借りよりも、ずっと大きな借りだ。おれが村瀬を死なせたようなもんだからな」

「同じことを何度も言うなっ」

「すまん。もう言わないよ。その代わり、おれも命懸《が》けで借りを返すつもりだ」

「そうか。コールガールたちはホテル側が集めてるんだろ？」

「いや、ホテルの支配人はただの連絡係なんだ。女の子たちは、謎《なぞ》の経営者がどこかで調達してくるんだよ。理沙って子は、別だぜ」

「コールガール組織を取り仕切ってるのは、どこかの暴力団だな」

「それは間違いない。素人がやれるビジネスじゃないからな」

「『ナイト・キャッスル』の支配人から、その組織のことをうまく探《さぐ》り出してくれないか」

「あそこの支配人は、ものすごく口が堅いんだ。でも、なんとか探ってみるよ」

「頼んだぞ」

伊沢は、先に村瀬の部屋のドアを開けた。ちょうどそのとき、村瀬の仕事仲間が四、五人、奥の部屋から現われた。どうやら帰るらしい。

伊沢は外廊下で待った。

やがて、男たちが玄関から出てきた。

「われわれは、これで失礼します」

四十年配の男が言った。伊沢は、その男に声をかけた。

「ちょっとうかがいますが、最近、村瀬は仕事で何かトラブルを起こしました？」

「そういうことはなかったと思いますよ」

男は答え、仲間たちを振り返った。男たちが相前後して、うなずく。

「村瀬はここ数年、主に犯罪ノンフィクションを書いてたようですが、最近はどんな事件を取材してたんでしょう？」

「村瀬君は器用な男で、いつも複数の事件を追ってましたよ。マニラの保険金替え玉殺人事件、大阪の尊属殺人事件、それから暴力団の資金源なんかも調べてたな」

四十絡《がら》みの男が答えた。すると、すぐに三十代半ばに見える長髪の男が付け加えた。

「彼は先月、フィリピンのセブ島で密造拳銃の取材をしてますよ。そのレポートは、『週刊トピックス』に書いてます」

「それは、わたしも読みました。あの記事のことで、村瀬が暴力団から脅されたようなことは？」

「それはなかったと思います。そんなことをされたら、彼は黙っちゃいないでしょうからね」

「それもそうだな」

伊沢の視界に、麻布署の刑事たちの姿が映じた。彼は質問を打ち切った。フリーライターたちが目礼して、そのまま歩み去った。

「聞き込みかね？」

玄関口で、中年刑事が言った。その目には、棘《とげ》があった。伊沢は努めて平静に答えた。

「弔《とむら》い客に挨拶《あいさつ》してたんですよ」

「そうは見えなかったがな。素人が妙なことは考えないほうがいいよ」

「それ、どういう意味なんです？」

「わかってるくせに」

中年刑事は薄く笑って、連れと立ち去った。

「刑事って、いやな野郎が多いな」

滝口が近寄ってきて、小声で毒づいた。

「彼らは他人を疑うのが仕事だからな」

「それにしたって、感じが悪いよ」

「きっと向こうも、おれたちのことをそう思ってるさ」

「それじゃ、お相子《あいこ》か」

「まあな」

「それはそうと、村瀬の姉さんをそろそろ新宿駅に送っていかないとな。確か五時の特急に乗るって言ってたろう？」

「ああ、そのはずだ。村瀬の姉さんは、おれが車で駅まで送るよ。おまえは、こっちのほうを頼む」

伊沢は言って、部屋に入った。線香の煙が厚く立ち込めていた。

2

特急列車が動きはじめた。

〈あずさ17号〉だ。伊沢は高見麻子と肩を並べて、新宿駅の一番ホームに立っていた。見送りである。

村瀬郁恵がガラス窓の向こうで、深々と頭を下げた。泣き腫《は》らした瞼《まぶた》が重たげだ。

村瀬の遺体は、車で実家に向かっているはずだ。

伊沢は会釈《えしゃく》した。麻子も頭を垂れた。

列車が次第に遠ざかっていく。レール音が高くなった。

「浩一さん、九時前後には上諏訪の実家に戻れるのね」

列車の尾灯《テールランプ》を見つめながら、麻子が小さく呟いた。

「悲しい帰郷だよな」

「ええ」

「麻子さん、しっかりしなくちゃね」

「は、はい。でも、ショックが大きすぎて……」

「しばらくは辛《つら》いだろうな」

「どうして彼は、わたしたちを置きざりにして、死んでしまったんでしょう？」

「わたしたち？」

伊沢は訊《き》き返した。

「妊娠してるんです、わたし。いま、三カ月なんです」

「そうだったのか。人生って、残酷だな」

「ええ」

「村瀬は、そのことを知ってたの？」

「ええ、知ってました。彼、とっても喜んでくれて、式を早めようって言ってくれたんです。わたしたち、来月、結婚する予定だったの。でも、こんなことになってしまって」

「お腹《なか》の子は、どうするつもりなんだい？」

「わかりません。まだ、そこまで考える余裕がないんです」

「そうだろうな」

「伊沢さん、本当のことを教えてください。浩一さんは六本木のホテルで何をしてたんですか？」

麻子が訊いた。

「何をって？」

「さっき麻布署の人が、浩一さんは殺される直前まで女性と一緒だったようだと言ってました」

「刑事は、いいかげんなことを言ってるんだよ」

伊沢は内心の狼狽《ろうばい》を隠して、澱《よど》みなく答えた。

「わたし、刑事さんが言った通りだったとしても取り乱しません。それは女として悔しいし、裏切られたような気もするけど、真実を知りたいんです」

「そう言われても、答えようがないな」

「伊沢さん、わたしにだけは本当のことを話してください。わたし、知りたいんです！

お願いですから、事実を教えてください」

麻子が真剣な眼差《まなざ》しを向けてきた。

伊沢はかなり迷った末に、麻子に事実を明かした。口を結ぶと、麻子が哀《かな》しそうに言った。

「やっぱり、そうだったんですね」

「おれと滝口が強引に村瀬を誘ったんだ。その結果、ああいうことになってしまって、すまないと思ってる」

「そのことは、もういいんです。男性なら、そういう遊びもしてみたいと思うでしょうから。わたし、浩一さんを軽蔑《けいべつ》なんかしません。ちょっぴり寂しくは思いますけど」

「村瀬の口から、理沙って名前を聞いたことは？」

伊沢は話題を転じた。

「いいえ、ありません。その女性、浩一さんのパートナーだったんですね？」

「うん、まあ。その理沙って女が犯人を手引きしたようなんだよ。で、一応、きみに訊いてみたんだ」

「浩一さんは何かの事件に巻き込まれたんじゃないかしら？　わたし、なんとなくそんな気がするんです」

「何か思い当たることがあるんだね？」

「はい、ちょっと。実はわたし、浩一さんから妙な物を預かってるんです」

「どんなもの?」

「カメラマンなんかがよく持ち歩いてるジュラルミンの四角いケースです」

「中身は?」

「わかりません。鍵《かぎ》が掛かってるんです。五日前の夕方、浩一さんがそのケースをわたしのアパートに持ってきて、しばらく預かってくれって置いていったの」

「そのとき、村瀬はほかに何か言わなかった?」

「悪党退治に必要なものだから、大事に保管してほしいって言いました」

「そのケース、きみのアパートにあるんだね?」

「ええ、押入れの奥に隠してあります」

「そいつを見せてもらえないかな」

「はい、かまいませんけど」

「これからすぐ、きみのアパートに行こう」

伊沢は麻子の腕を取って、ホームを大股《おおまた》で歩きだした。

新宿駅の南口から表に出て、近くの立体駐車場に急いだ。伊沢は、そこに中古のBMWを預けてあった。

数分で、有料駐車場に着いた。

伊沢は料金を払い、ドルフィンカラーのBMWを発進させた。明治通りをたどって、恵比寿《えびす》に向かう。麻子のアパートは恵比寿一丁目にあった。

麻子の案内で、一階の端の部屋に入る。

間取りは1Kだった。室内は、きれいに片づけられていた。

麻子はすぐに押入れに首を突っ込み、ジュラルミンケースを引っ張り出した。かなり重そうだ。

伊沢は、さっそくケースを検《しら》べてみた。

ロックされていて、蓋《ふた》は開かない。錠は二カ所にあった。

「鍵をぶっ壊すほかないな。ハンマーか、バールはあるかな?」

「いいえ、どちらもありません。ドライバーなら、ありますけど」

「ドライバーじゃ、ちょっと無理だな」

「それじゃ、大家さんのところから借りてきます。大家さん、同じ敷地に住んでるんです」

「できたら、両方借りてきてくれないか」

「わかりました」

麻子が部屋を出ていく。

待つほどもなく、彼女はすぐに戻ってきた。バールとハンマーの両方を手にしていた。

伊沢はバールとハンマーを使って、二つの錠を打ち砕《くだ》いた。

ケースには、白い粉の詰まった大小のビニール袋が入っていた。同じ白色でも、わずかに色合が異《こと》なる。小さいビニール袋に入った粉のほうが白かった。

「何かしら？」

麻子が呟いた。

「覚醒剤《かくせいざい》か何かだろう。村瀬は、こいつを暴力団から奪ったんじゃないかな」

「なぜ、そんなことを？」

「悪事を暴《あば》くための証拠にするつもりだったんだろう」

「その前に浩一さんは、敵に殺されてしまったんでしょうか？」

「ああ、おそらくね」

「わたし、警察に電話します」

「待ってくれないか」

「えっ、なぜ⁉」

「おれの思い過ごしかもしれないが、村瀬はこれを手に入れるために法に触れるようなことをしたんじゃないだろうか。そうだとしたら、わざわざ村瀬の名誉を傷つけることになると思うんだ」

伊沢は苦し紛《まぎ》れに、そう言った。

「きっと浩一さんは、誰かの犯罪を告発しようと考えてたんだと思います。そのために少々の違法行為をしてたとしても、警察は大目に見てくれるんじゃないでしょうか？」

「それはどうかな。警察は村瀬がこれを犯罪組織から騙《だま》し取って、換金するチャンスをうかがってたと考えるかもしれない」

「浩一さんがそんなことをするなんて、とても考えられませんっ」

麻子の声には、憤《いきどお》りが込められていた。

「村瀬のことを知ってる人間なら、もちろん、そう思うさ。しかしね、警察の連中は彼のことを知らないんだ。この白い粉が麻薬だとしたら、やっぱり疑うんじゃないかな」

「そうでしょうか」

「仮にこれが覚醒剤だとしたら、末端価格で一グラム何十万円もするはずだ。そっくり売り捌《さば》いたら、何千万、いや、何億円にもなるだろう。それに村瀬が警察に協力を仰《あお》がなかったことでも余計に疑いを持たれるんじゃないかな」

「言われてみると、確かにその通りですね」

「だから、警察に通報するのは……」

「わかりました。でも、こんなものをずっと部屋に置いておくのは、なんだか気味が悪いわ」

「おれが預かろう。それで、この粉が何なのか調べてみる」

「どうやって調べるんですか？」

「おれの従兄《いとこ》が製薬会社の研究所に勤めてるんだよ。その男に調べてもらおうと思うんだ」

伊沢は言った。でまかせではなかった。実際、そうするつもりだった。

「中身が麻薬だと判明したら、どうなさるおつもりなの？」

「元の持ち主を突き止めてみるよ。その人物が今度の事件に関《かか》わってる可能性があるからね」

「それは危険すぎます」

「危険は承知の上で調べてみたいんだ。おれも滝口も、村瀬の事件を警察だけに任せておけない気持ちなんだよ」

「浩一さんは、いいお友達に恵まれてたのね」

麻子が声を詰まらせた。

「実際には、たいしたことはできないと思うよ。なにしろ、素人探偵だからね」

「よろしくお願いします」

「さっそくだが、村瀬は最近、どんな取材をしてたかわかるかな？」

「浩一さんは、仕事のことはあまり詳しく話してくれなかったんです。デート中は、仕事のことは忘れたいんだとか言って」

「あいつらしいな」

「でも、マニラに行ったり、いろいろなところに取材で出かけてたことは知ってます」

「彼が頻繁《ひんぱん》に出かけたのは、どこなんだい？」

「名古屋です」

「村瀬が何かに怯《おび》えてる様子は？」

「それは、特に感じませんでしたね」

「そう。どんな小さなことでもいいんだが、きみが〈おやっ〉と思うようなことはなかったかな、ここ半年ぐらいの間に？」

「一度だけあります」

「具体的に話してみてくれないか」

伊沢は促《うなが》した。

「はい。二カ月ほど前に、伊豆《いず》大島沖で首のない若い女性の全裸死体が発見されたことがありましたよね？」

「そのニュースなら、はっきり憶《おぼ》えてる。東南アジア系らしいというだけで、いまも身許《みもと》がわかってない事件だろう？」

「ええ。そのテレビニュースを東長崎のアパートで観《み》ながら、浩一さんは『あいつの仕業《しわざ》にちがいない』って呟いたんです。わたし、そのとき、台所で洗いものをしてたんですけど、彼の呟き声がはっきり聞こえたんですよ」

「で、きみはどうしたの？」

「わたし、すぐに『あいつって、誰なの？』って訊《き》き返しました」

「そうしたら？」

「浩一さんはちょっと慌《あわ》てた感じで、『何でもないよ。ただの独り言さ』って答えたんです。それ以上深く突っ込むのも気が引けたんで、それでうやむやになってしまいましたけど」

「どうも引っかかるな」

「ええ、そうですすね」

麻子が同調した。

「首なし死体が外国人娼婦《しょうふ》だとしたら、おそらく暴力団絡《がら》みの事件だろう。この白い粉が麻薬だとすると、やはり組織《シンジケート》が絡んでるはずだ」

「浩一さんは何かの証拠を摑《つか》んだため、口を封じられてしまったんじゃないかしら？」

「多分、そうなんだろう。村瀬は麻薬の取引現場の証拠写真を撮ったのかもしれない。あるいは、取引の遣《や》り取りを録音したんだろうね」

「そのとき、このジュラルミンケースを証拠品として押さえたんでしょうか？」

「そう考えるのが自然だろうな。村瀬の部屋のどこかに証拠写真か録音音声があるんじゃないかな。これから彼のアパートに戻って、部屋の中を調べてみるよ」

「わたしも一緒に行きます」

「きみは少し寝《やす》んだほうがいいな。無理をすると、明日の本通夜に出られなくなるよ」

「でも、それでは……」

「東長崎のアパートのほうは、滝口とおれがチェックするよ。弔《とむら》い客ももう帰っただろうから、簡単な後片づけが残ってるだけさ」

「それじゃ、お言葉に甘えさせていただきます。わたし、少し疲れてしまって」

「今夜は早めに寝《やす》んだほうがいいな」

「ええ」

「明日、村瀬の実家で会おう。これは預かるからね」

伊沢はジュラルミンケースを肩に担《かつ》いで、麻子の部屋を出た。車のトランクにケースを入れ、エンジンを始動させる。

村瀬のアパートに着いたのは、小《こ》一時間後だった。車が渋滞しはじめていて、思いのほか時間がかかってしまったのだ。

部屋には、滝口だけしかいなかった。彼は胡坐《あぐら》をかいて、ビールを飲んでいた。室内は、あらかた片づいていた。

「遅くなって、悪かったな」

伊沢は詫《わ》びた。

「麻子さんは？」

「アパートに送り届けてきた。彼女から、思いがけない手がかりを得たよ」

伊沢は経過をつぶさに話した。ジュラルミンケースのことも報告した。

「弔い酒は後回しだ。証拠の品を探そう」

滝口が勢いよく立ち上がった。

伊沢たちは手分けして、室内をくまなく物色した。しかし、事件に関係のありそうなものは何も発見できなかった。

村瀬は、証拠になるものをどこか別の場所に移したにちがいない。

伊沢は確信を深めた。

「村瀬の姉さんが荷物を引き取りにくるとき、もう一度よく探してみようぜ」

滝口が言った。

「そうだな。少し飲むか」

「ああ」

二人は畳の上に坐り込んで、ビールを飲みはじめた。

「ビールがこんなに苦いとは知らなかったよ」

「弔い酒だからな」

伊沢はビールをひと息に空《あ》けた。

3

喉《のど》がいがらっぽい。

舌の先もざらついている。明らかに、煙草の喫《す》いすぎだった。

伊沢は、喫いさしのラークマイルドをスタンド型の灰皿に投げ入れた。火の消える音がした。灰皿には、水がたくさん入っていた。

昭和製薬の研究所のロビーだ。あたりに、人の姿はない。静かだった。研究所は、川崎市多摩区の外れにあった。

従兄の押坂裕之《おしざかひろゆき》が研究室に入ったのは、かれこれ三十分前だ。

裕之は伊沢の母の姉の息子だった。伊沢は、小さなビニール袋に取り分けた二種類の白い粉の鑑定を裕之に頼んだのだ。信州で村瀬の葬儀が行なわれたのは、きのうだ。

伊沢は滝口や麻子とともに、本通夜と告別式の両方に列席した。

――ずいぶん待たせるな。成分を調べるのに、そんなに時間がかかるんだろうか。

伊沢は溜息《ためいき》をついた。ソファに坐りっぱなしのせいか、いくらか腰が痛い。

不意に、廊下を走るビニールサンダルの音が響いてきた。

伊沢はソファから腰を浮かせた。姿を見せたのは、白衣姿の裕之だった。

「割に時間がかかるものなんだね」

伊沢は、立ち止まった一つ年上の従兄に言った。

「検査そのものは簡単なんだ。でも、仲間の研究員の隙をうかがいながら、こっそり検査してたもんだから、意外に手間取っちゃってな」

「ほんとは外部から持ち込まれたものを検査しちゃ、まずいんだね？」

「そりゃ、そうだよ。製薬会社の新薬開発競争は凄まじいからな。産業スパイが紛れ込みやしないかと、いつも研究員は神経を尖《とが》らせてるんだ」

「なんか悪いことをしちゃったな」

「いや、かまわんさ。それより、亮君、きみは妙な連中とつき合いはじめてるのか？」

従兄が訊いた。

「えっ、どうして？」

「片方の粉は塩酸エフェドリン、俗に覚醒剤と呼ばれてるやつだったよ」

「やっぱり、そうだったか。で、もう片方は？」

「コカインに重曹を混ぜたものだった。クラックと呼ばれてる新麻薬さ」

「クラックのことなら、少し知ってる。粉をパイプに詰めて燃やして、その煙を吸引するんだったよね？」

「そうだよ。マリファナなんかよりもずっと即効性が高くて、わずか十数秒で陶酔状態になるんだ」

「そんなに効き目が早いのか」

伊沢は少し驚いた。

「その上、値段も安いんだよ。しかし、とても怖い麻薬だね。脳や目の神経をやられて、やがては廃人になる」

「そう」

「どっちも処分したよ。あんな物を持ってたら、ろくなことにはならないからな」

「別にかまわないよ」

「あれをどこで手に入れたんだい？」

「友達が隠し持ってたんだ」

「そいつ、これかい？」

裕之が人差し指で、自分の頰《ほお》を斜めに撫でた。

「いや、堅気だよ。フリージャーナリストだったんだ。しかし、さきおととい、筋者らしい男に射殺されてしまった」

「その彼、麻薬のことを取材してたんだな？」

「どうもそうらしいんだ。それで、おれは事件のことを独自に調べてみる気になったんだよ」

「あまり無茶をしないほうがいいぞ。相手は、法律の向こう側にいる連中なんだろうから」

「慎重にやるよ。おれだって、まだ死にたくないからね」

「ああ、そうしたほうがいい。それはそうと、目黒の叔母さんたちは変わりない？」

「おふくろも親父も元気だと思うよ。この正月以来、実家には一度も顔を出してないんだ」

「親不孝者め！　それにしても、東京に親の家があるというのに、わざわざ下北沢にマンションを借りたりして、けっこうな身分だな」

「家賃が高いんで、閉口してるよ。だけど、時間的に不規則な仕事だから、家族と同居するわけにもいかないんだ。それに、自由を満喫したいしね」

「独身貴族が羨《うらや》ましいよ。結婚すると、何かと束縛《そくばく》されるからな」

「新婚早々なのに、くたびれた中年男みたいなことを言うんだな。奥さんが聞いたら、嘆くよ」

「いまの話、女房には内緒にしといてくれ」

「わかってるって。忙しいときに悪かったね。そのうち、ゆっくり飲もう。それじゃ、きょうはこれで！」

伊沢は片手を挙げて、歩きだした。

研究所を出てから、懐から携帯電話を取り出した。勤務先の『オフィス・ブレーン』に電話をする。もう正午近い時刻だった。

社長の倉科保彦《くらしなやすひこ》が受話器を取った。

「伊沢です」

「いろいろ大変だったな」

倉科社長の声には、労《いたわ》りと同情がにじんでいた。親しい友人が射殺されたことは話してあった。

「きょうから出社するつもりだったんですが、もう少し休ませてください」

「いいよ」

「休んでる間に、何か電話がありました？」

「放送作家の西川氏から連絡があったぞ。例の『離島の運動会』の構成台本があがったそうだ」

「そうですか」

伊沢は、離島に住む人々の暮らしをカメラでスケッチする番組を担当していた。晩秋には、現地ロケに入る予定だった。

「構成台本はわたしが受け取って、目を通しておこう」

「よろしくお願いします」

「伊沢、早く元気を取り戻してくれ。おまえは、わが社のエースだからな」

「社長は人を使うのがうまいな」

「ほんとだよ。おまえに期待してるんだ」

「せいぜい頑張って、いいドキュメンタリー番組を作りますよ。それじゃ、そういうことで！」

伊沢はいったん終了キーを押し、今度は滝口修介の自宅に電話をかけた。

電話口に出たのは、滝口の妻のつかさだった。伊沢は名乗って、滝口を呼んでもらう。長くは待たされなかった。

「何か収穫があったのか？」

滝口の声が流れてきた。いくらか呂律《ろれつ》が怪しかった。

「おまえ、飲んでるな？」

「素面《しらふ》じゃいられないよ。朝からジンをストレートで飲《や》ってるんだ」

「感傷的になるなと言っただろうが！」

「わかってるよ。わかってるけど、やっぱり村瀬にすまなくてな」

「おい、ちゃんと聞いてくれ。白い粉のこと、わかったぞ。覚醒剤とクラックだったよ」

伊沢は詳しい話をした。

「やっぱり、そうだったか。村瀬は、そいつのせいで消されちまったんだな」

「ほぼ間違いないだろう」

「ちくしょう！　どこの組の奴が村瀬を殺《や》りやがったんだっ」

滝口が吼《ほ》えるように言った。

「そいつを突き止めるんだろ！　酒なんか喰《く》らってる場合じゃないだろうがっ」

「そうだな、もうやめとくよ」

「おまえ、『ナイト・キャッスル』の支配人に当たってくれたか？」

「それが、あいにく捕まらなくてさ」

「早くコールガールを送り込んでる組織を探り出してくれ」

「わかった」

「おれは別のルートを当たってみる。それじゃ、なるべく密《みっ》に連絡を取り合おう」

伊沢は先に電話を切った。

白いチノパンツのヒップポケットを探って、紙片を抓《つま》み出す。それには、白石美里の携帯電話の番号が記されている。

そのメモを見ながら、伊沢はゆっくりと数字キーを押した。

呼び出し音が聞こえてきた。

しかし、なかなか電話が繋がらない。伊沢は諦《あきら》めて、耳から携帯電話を離しかけた。

そのとき、相手が電話に出た。

「はい」

女の声がした。

「美里さん？」

「どなた？」

紛《まぎ》れもなく、美里の声だった。

「伊沢だよ、このあいだ六本木のホテルで世話になった」

「憶えてるわ、はっきりと」

美里の声が明るく弾んだ。

「まだ寝てたんだろ？」

「うん、まあ。でも、いいの。電話をもらえて、嬉《うれ》しいわ」

「実は、ちょっと訊きたいことがあってね」

「この前の事件に関することね？」

「ああ。きみ、理沙って娘《こ》を知らないか？」

「理沙って、糸居《いとい》理沙のこと？」

「名字まではわからないんだ。長い髪を栗色《くりいろ》に染めてる子だよ」

「それなら、わたしの知ってる理沙ちゃんだわ」

「その子の連絡先、わかるかい？」

「わかるわよ、いつか彼女に携帯の番号をメモしてもらったことがあるから。えーと、あのメモはどこだったかな」

「すまないが、探してみてくれないか。また、後で電話するよ」

伊沢は電話を切り、ＢＭＷに乗り込んだ。研究所の駐車場を出ると、東京方面に向かった。

十分ほど走り、伊沢はふたたび美里に電話をした。

「メモは見つかった？」

「それが、まだ見つからないのよ。伊沢さん、わたしの部屋に来て、一緒に探してくれない？」

「それはかまわないが、その前にちょっと教えてくれないか。きみの所属してるデートクラブは、どこの組が仕切ってるんだい？」

「六本木の銀竜会《ぎんりゅうかい》よ」

「理沙も、銀竜会の連中とは繋がりがあるのかな？」

「ないと思うわ。理沙ちゃんは以前、赤坂の堂本《どうもと》組系のデートクラブで仕事をしてたって話だったから。いまはフリーで時たま、客を取ってるだけらしいけどね」

「そうか。きみのマンションは、どこにあるんだい？」

「麻布十番よ。賢崇寺《けんそうじ》ってお寺のそばなの」

美里が言った。

「賢崇寺なら、知ってる」

「お寺のそばに、麻布コーポって九階建てのマンションがあるの。わたしの部屋は六〇六号室よ」

「わかった。これから、そっちに向かうよ。いま川崎市の多摩区だから、少し時間がかかると思うが、必ず行くからね」

伊沢は電話を切ると、車のスピードを上げた。

麻布コーポに着いたのは、およそ五十分後だった。

南欧風の洒落《しゃれ》た建物は、まだ新しかった。

伊沢はエレベーターで六階に上がった。六〇六号室のインターフォンを押すと、室内で美里が確かめた。

「伊沢さん？」

「ああ」

「ちょっと待ってて」

美里の声が途切れた。

ほどなく白いスチール・ドアが開けられた。現われた美里は、薄化粧をしていた。白い細身のパンツが若々しい。上は枯葉色のプリント柄のトレーナーだった。

「メモは、まだ見つからない？」

玄関に身を入れてから、伊沢は訊いた。

「さっき、ようやく見つかったの。レザーブルゾンの内ポケットに入れたまんまだったのよ」

「とにかく、ありがたいよ」

「上がって」

美里が微笑を拡《ひろ》げ、スリッパラックに腕を伸ばした。胸の隆起が揺れた。ブラジャーをつけていないのだろう。

伊沢は、狐色のアンクルブーツを脱いだ。

通されたのは、十畳ほどの居間だった。その両側に、ダイニングキッチンと寝室らしい部屋があった。

「いい部屋だな」

伊沢は籐《ラタン》の長椅子に腰を下ろして、煙草に火を点《つ》けた。見晴らしがよかった。眼下に、有栖川宮《ありすがわのみや》記念公園が見える。

「はい、理沙ちゃんの携帯の番号」

美里がパンツのポケットから、小さく折りたたんだ紙切れを抓《つま》み出した。伊沢はそれを受け取って、押し開いた。

「サンキュー！」

「あの子、事件に関係してるの？」

美里が伊沢の横に腰かけて、そう問いかけてきた。

「理沙って娘《こ》が殺された友達のパートナーだったんだ。どうもその彼女が、犯人を手引きしたようなんだよ」

「嘘でしょ⁉　彼女、なんでそんなことをしたんだろう？」

「きみは、理沙とはどの程度のつき合いなんだい？」

「個人的なつき合いは、まるっきりないのよ。たまたま二人とも同じホテルに呼ばれたことが二、三度あるだけ。で、なんとなく一度だけ一緒に焼肉を食べに行ったの。そのとき、理沙ちゃんがそのメモをくれたのよ」

「そうか。理沙に電話したことは？」

「ないわ。もしかしたら、もうその携帯は使われてないかもね」

「後で電話してみるよ。とにかく、助かった。ありがとう」

伊沢は軽く頭を下げた。

「お礼、ちょうだいね」

「えっ。きょうは、あまり持ち合わせがないんだ。謝礼、一万でいいかな？」

「ばかねえ。お金なんか欲しくないわ。ね、こっちに来て」

美里は立ち上がると、ことさら尻を振って隣室に入っていった。

——お礼はセックスでってわけか。体の合う相手なんだから、そのくらいのサービスは厭《いと》わないさ。

伊沢は顔を綻《ほころ》ばせて、腰を上げた。

長椅子を回り込んで、隣室に入る。やはり、寝室だった。右側に、セミダブルのベッドがあった。室内は仄暗《ほのぐら》い。窓のカーテンは閉まっていた。

「きょうは、たっぷり愛してね」

美里が媚《こび》を孕《はら》んだ目で言い、トレーナーを脱ぎ捨てた。

やはり、上半身には何もつけていなかった。

乳首は、早くも痼《しこ》っていた。黒いメッシュのパンティーだけになると、美里は伊沢の前にひざまずいた。

伊沢は立ったまま、動かなかった。

美里が下腹に顔を寄せてきた。幾度か頬擦《ほおず》りしてから、彼女はチノパンツのファスナーを一気に引き下げた。

伊沢は、美里の髪をまさぐりはじめた。

4

「糸居理沙さんですね？」

伊沢は携帯電話を耳に当てた。

麻布コーポの近くの路上だ。すでに夕闇《ゆうやみ》が濃い。

「そうです」

若い女が電話の向こうで答えた。

伊沢はほくそ笑んで、もっともらしく言った。

「こちら、丸越デパートの配送センターですが、ちょっとそちらのご住所を確認させてください。えーと、新宿区須賀町《すがちょう》十二番地ですね？」

「全然、違うわ。うちは、左門町《さもんちょう》八番地の四谷レジデンスの九〇二号室よ」

「あ、そうでした。どうも失礼しました。うっかり別の伝票を見てました」

「やーね、しっかりしてよ」

相手が笑った。

「申し訳ありません。これから、すぐにお届けものをお持ちします」

「明日の昼間にしてもらえないかな。三十分後には出かけなくちゃならないのよ」

「二十分以内には必ず伺《うかが》います。商品が生ものですので、なるべく早くお届けしたいんです」

「そういうことなら、待ってるわ」

「よろしくお願いします。それでは、後ほど！」

伊沢は通話を打ち切った。

自然に笑みが零《こぼ》れた。伊沢は、すぐにＢＭＷに乗り込んだ。

麻布十番から左門町までは、それほど遠くない。二十分弱で、目的地に着いた。四谷レジデンスは磁器タイル張りの高層マンションだった。

伊沢は車ごと地下駐車場に入った。

空いているスペースに車を停めた。

理沙の部屋に、あの剃髪頭《スキンヘッド》の男がいる可能性もある。

伊沢は、グローブボックスからスパナを取り出した。それを腰の後ろに差し込み、車を降りる。

伊沢はドアをロックして、エレベーター乗り場に向かった。

少し待つと、エレベーターの扉が開いた。伊沢は九階まで上がった。

九〇二号室は、ホールから数えて二番目の部屋だった。表札はなかった。インターフォンを押すと、応答があった。

「どなた？」

「丸越デパートの者です。毛蟹《けがに》をお届けに上がりました。サインか、認め印をお願いします」

「いま、行くわ」

インターフォンが沈黙した。

伊沢は素早くドアの横に身を移した。ドア・スコープで顔を見られることを警戒したのだ。内錠が解《と》かれ、ドアが細めに開いた。

伊沢は抜け目なく、ドアの隙間にアンクルブーツの先を入れた。

「あっ、あんたは！」

パステルピンクのテーラードスーツを着込んだ理沙が驚きの声をあげ、数歩後ずさった。

伊沢はドア・ノブを引き、玄関に躍り込んだ。同時に、腰のスパナを引き抜く。

「あんた、何しに来たのよっ」

「大声を出すと、スパナで顔を潰《つぶ》すぞ」

「騒がないから、乱暴なことはしないで」

理沙が震え声で言った。

「奥に誰かいるんじゃないのか？」

「ううん、わたしだけよ」

「嘘じゃないだろうな！」

伊沢は、わざと怒鳴った。

奥から人影は現われない。どうやら嘘ではないようだ。

「ここが、どうしてわかったの？」

「勝手に口を利くなっ。こっちの質問に答えればいいんだ」

「ねえ、いったい何しに来たのよ。帰ってよ、帰ってちょうだい！」

「まだ、わかってないようだな」

伊沢は、スパナを握った右腕を振り被った。脅しのつもりだったが、理沙は居間らしい部屋に逃げ込んだ。

伊沢は追った。靴を履《は》いたままだった。

居間に走り入ると、理沙がフロアスタンドの笠を投げつけてきた。それは、伊沢の足許に落ちた。

「投球力が足りなかったな」

伊沢は、せせら笑った。理沙が身を翻《ひるがえ》し、隣接する洋室に向かった。

カーペットを蹴《け》って、伊沢はダッシュした。

洋室に駆け込んだ理沙がドアを閉めようとした。伊沢は、化粧合板のドアを力まかせに蹴った。

「痛いっ」

理沙が悲鳴をあげ、床に倒れた。

伊沢はドアをいっぱいに開いた。理沙は、エメラルドグリーンのカーペットの上に転がっていた。

仰向けだった。

スカートの裾《すそ》が乱れ、むっちりとした太腿《ふともも》が覗《のぞ》いている。ガードルまで見えた。部屋には、シングルベッドと白いドレッサーがあった。理沙の寝室だろう。

「逃げたスキンヘッドの男は何者なんだっ。堂本組の組員か？」

「スキンヘッドの男って、誰のことよ？」

「そっちがそのつもりなら、少々、手荒なことをさせてもらうぜ。殺された男は、おれの親友だったんだ」

「だって、本当に誰のことだかわからないんだもん」

「立て、立つんだ」

伊沢は鋭く命じた。理沙が弾《はじ》かれたように起き上がった。

その瞬間、伊沢は左のバックハンドで理沙の頬を殴りつけた。肉の鳴る音が響く。空気が揺れ、理沙の長い髪が乱舞した。ふたたび彼女は床に倒れた。

「女をぶったのは、これが最初なんだ。こういうことは後味がよくないから、おれを怒らせないでくれ」

「………」

理沙は頬を撫でさすりながら、無言で睨《ね》めつけてきた。伊沢は睨み返した。

「また殴られたいのか?」

「知ってることは話すわよ。だから、もうぶたないで。顔は商売道具なんだからさ」

理沙が立ち上がった。

「あんたの商売道具は、股の間にあるんだろ?」

「売春《ウリ》はバイトよ。これでも本業はモデルなの。モデルといっても、B級だけどね」

「正直で、なかなかいい。その調子で、質問に答えてくれ」

「スキンヘッドのヤーさんみたいな男のことは、わたし、本当に知らないのよ。あの晩、初めて会ったんだもん」

「ふざけるなっ。あんたは、そいつと一緒にホテルから逃げたじゃないか」

伊沢は声を張った。

「そうだけど、本当に知らないんだってば」

「痛い目に遭《あ》いたいらしいな」

「ほんとだってば。わたし、ある人に頼まれて、あの部屋のドア・ロックをこっそり外しただけよ。まさかスキンヘッドの男が、お客さんを撃ち殺すなんて思ってもいなかったの」

理沙は、いまにも泣き出しそうな顔つきになっていた。伊沢は理沙の言葉を信じる気持ちになった。

「ある人って、誰なんだ？」

「それは勘弁して。謝礼に二十万も貰《もら》ったんだから、裏切れないわ。それに彼女、なんかおっかない連中ともつき合いがあるみたいだし」

「相手は女なのか⁉」

意外だった。

「あっ、いっけない！」

「その女の名前を言うんだっ」

「もう赦《ゆる》して。わたしが欲しいんだったら、自由にしてもいいわ。いまは安全期だから、ナマでさせてあげる」

「せっかくだが、遠慮しておこう」

「なら、お金をあげるわ」

「おれは恐喝屋《カツアゲや》じゃないっ」

「じゃあ、どうすればいいの？」

「自分の頭で考えるんだな」

「だって彼女のことを喋ったら、きっとわたし、殺されるわ。そんなの、いやよ」

「殺される前に逃げりゃいい」

「そんなにうまくいかないわよ」

「だったら、警察に保護してもらうんだな」

「警察なんて、当てにならないわ」

「仕方ない、体に訊いてみよう」

「な、何する気なの⁉」

理沙が首を振りながら、後ずさりした。

「裸になれ。生まれたままの姿になるんだっ」

「セックスで、見逃してくれるの？」

「黙って脱げ！」

伊沢は語気を荒《すさ》ませた。理沙が着ている物を脱ぎはじめた。彼女の指先は、わなわなと震えていた。

やがて、ピンクのショーツも脱いだ。

いくらか痩《や》せ気味だったが、体の線は軟らかい。繁《しげ》みは濃かった。みっしり密生している。ヘアは染めていなかった。

伊沢は、裸の理沙を浴室に連れ込んだ。

バスタブは西洋風だった。理沙をバスタブの中に立たせ、伊沢は給湯器のスイッチを入れた。緑色のランプが灯《とも》った。

「ね、わたしをどうする気なの？」

「じきにわかるさ」

伊沢は、温度調節のダイヤルを最高温の目盛りに合わせた。

「熱湯をかけるつもりなの⁉」

「そういうことだ。全身、火脹《ひぶく》れになったら、当分の間、本業もバイトもできなくなるな。場合によっては、あの世行きだ」

「やめて、お願い！」

「いくぞ」

伊沢はシャワーヘッドを摑んで、蛇口を捻《ひね》った。

熱い湯が噴き出した。湯の量は多くなかったが、いかにも熱そうだ。みる間に、浴室に乳白色の湯気が拡《ひろ》がっていく。

理沙は戦《おのの》いて、立ち竦《すく》んでいた。

伊沢はシャワーヘッドを理沙に向けた。

といっても、裸身に熱湯を降り注いだわけではない。体すれすれのところに、熱い湯を注いだのだ。

それでも跳ね返った熱い飛沫《しぶき》が、理沙の体に飛び散る。彼女は悲鳴を放ち、体を竦ませた。蒼《あお》ざめた顔は引き攣《つ》っていた。

残酷だが、やむを得ない。

伊沢はシャワーヘッドで半円を描きつづけた。少し経つと、理沙が喚《わめ》いた。

「話すから、シャワーを止めて！」

「ちゃんと話したら、止めてやる」

「先に止めてっ」

言い終わらないうちに、理沙は失禁していた。立ったままだった。極度の恐怖には克《か》てなかったのだろう。

伊沢はシャワーを止めた。

理沙がバスタブにしゃがみ込んで、激しく泣きはじめた。しゃくり上げながら、彼女は放尿しつづけた。

さすがに伊沢は気が咎《とが》めた。バスタブから目を逸らした。

理沙は泣き熄《や》むと、屈み込んだままで言った。

「わたしに二十万円をくれたのは、新宿の歌舞伎町《かぶきちょう》二丁目にある『麗女館《れいじょかん》』ってクラブのママよ」

「そのクラブは歌舞伎町二丁目のどのへんにあるんだ？」

「よく知らないの。わたしは、お店に行ったことがないから。でも、確か風林会館の近くにあるって話だったわ」

「ママの名前は？」

伊沢は穏やかに訊いた。

「本名かどうか知らないけど、以前、このマンションに住んでたときは笹森玲奈《ささもりれな》って名乗ってたわ。昔は銀座のクラブホステスだったらしいんだけど、パトロンがついて新宿にお店を持たせてもらったんだって」

「いくつぐらいの女なんだ？」

「二十八、九だと思うわ。これで全部よ、わたしが知ってることは」

「そうか」

「ママには、わたしの名前を絶対に言わないでね」

理沙が哀願口調で言い、両手を合わせた。

「わかってる。手荒なことをして悪かった。謝るよ」

「謝ってもらったって、もう遅いわ。それより、早く出ていって！」

「いま、引き揚げる」

伊沢は小便の臭《にお》いの籠った浴室を出て、玄関に足を向けた。部屋を出て、すぐにエレベーターで地下駐車場まで下る。

函《ケージ》を出た瞬間だった。

伊沢は、だしぬけに何者かに脇腹を蹴られた。一瞬、息が詰まった。よろけながらも、伊沢は目で敵を探した。

すぐそばに、三十五、六歳のずんぐりとした男が立っていた。

腕が太く、胸が厚い。頭髪をパンチパーマで縮らせている。目つきに凄《すご》みがあった。ひと目で、筋者《すじもの》と知れた。

「てめえ、何を嗅《か》ぎ回ってやがるんだっ」

相手が上着の中に手を入れた。

刃物を出す気なのだろう。伊沢は二歩退《さ》がった。腰に右手を回して、スパナを抜く。

男が厚い唇を歪《ゆが》めた。懐から取り出したのは、意外にも煙草だった。茶色の葉煙草《シガリロ》だ。

伊沢は、ほっとした。

その直後だった。後ろから、首筋に手刀《しゅとう》を叩き込まれた。目が霞《かす》んだ。伊沢は膝《ひざ》を折った。

そのとき、今度は右手首を蹴られた。

痺《しび》れが走った。スパナが零《こぼ》れ落ちる。スパナは、すぐに遠くに蹴られた。

「素人《トウシロ》が無茶やるなよ」

伊沢の真後ろで、男の野太い声がした。口調には、からかうような響きがあった。

すぐに伊沢は振り返った。

色の浅黒い男が立っていた。細身だが、上背はあった。百八十一センチの伊沢とほとんど変わらない。二十五、六歳だろうか。

伊沢は肘《ひじ》で後ろの男を弾《はじ》くつもりだった。

だが、一瞬遅かった。背中に固い物を押し当てられた。それが銃口であることは、感触でわかった。

体が強張《こわば》った。

しかし、伊沢は怯《ひる》まなかった。チャンスとピンチは瞬時に入れ替わるものだ。彼は、そのことをボクシングとラグビーで学んでいた。

――戦意さえ捨てなきゃ、なんとかなる。

伊沢は自分に言い聞かせた。

そのとたん、気持ちが落ち着いた。手脚の強張りもほぐれた。

パンチパーマの男が歩み寄ってきた。

火の点《つ》いた葉煙草《シガリロ》を横ぐわえにしている。無防備に見えた。隙だらけだ。

伊沢は右足を飛ばした。

風が渦巻いた。前蹴りは、空《くう》を打っただけだった。パンチパーマの頭がステップバックしたのだ。いいフットワークだった。

伊沢は体勢を整えた。そっと拳《こぶし》を固めた。

ちょうどそのとき、重いパンチを腹に叩き込まれた。肉が捩《よじ》れた。内臓も熱く灼《や》けた。

「おまえら、堂本組だな？」

伊沢は訊いた。

返事の代わりに、今度は急所を膝で蹴られた。強烈な衝撃だった。伊沢は一瞬、気が遠くなった。視界も翳《かげ》った。

屈《かが》み込むと、アッパーカットで顎を掬《すく》われた。強烈なパンチだった。躱《かわ》す余裕はなかった。口の中に、鉄錆《てつさび》臭い血が拡がった。うっかり舌を嚙《か》んでしまったのだ。

伊沢はのけ反《ぞ》った。弾みで、背後の男がよろけた。

伊沢は体を捩《ねじ》って、拳銃を持った男の右手首を摑んだ。同時に、アンクルブーツの踵《かかと》で相手の向こう臑《ずね》を蹴りつけた。

運よくヒットした。

男が呻《うめ》いた。呻きながらも、組みついてくる。かまわず伊沢は、前の男の臑《すね》にキックを見舞った。骨と肉の軋《きし》む音が聞こえた。

もう一度、蹴り込んだ。

パンチパーマの男の口から、火の点《つ》いた煙草が飛んだ。男の体が沈む。伊沢は相手の腹を蹴って、左のフックを放った。手応《てごた》えがあった。相手の体が斜めに泳いだ。

後ろの男が、伊沢の首に左腕を回してきた。

伊沢は顎をぐっと引いて、わずかに腰を落とした。左の肘打《ひじう》ちを喰《く》らわせ、すぐに彼は腰を捻《ひね》った。

後ろの痩せた男が、もんどり打って倒れた。右手にコルト・パイソン357マグナムを握っていた。リボルバーだ。

伊沢は、倒れた男の右手首を靴の底で踏んづけた。

男は唸《うな》って、指を緩《ゆる》めた。伊沢は拳銃を奪い取った。グリップを握って、素早く撃鉄《ハンマー》を掻《か》き起こす。

二人の男は少しも表情を変えない。弾丸は入っていないのか。

「撃ってみな」

パンチパーマの男が挑発した。

伊沢は無駄と知りながらも、引き金《トリガー》を絞った。輪胴《シリンダー》が虚《むな》しく回っただけで、弾丸は飛び出さなかった。

「空砲ばかりなんだよ」

「くそったれ！」

伊沢は、コルト・パイソンをパンチパーマの男に投げつけた。

男が腰を沈めて、何なく躱《かわ》した。みごとなダッキングだった。

伊沢は深く踏み込んで、パンチパーマの男の 胃《ストマック》 に拳をめり込ませた。

的《まと》は外さなかった。すぐさま肝臓《レバー》と腎臓《キドニー》を痛めつけた。ダブルパンチは、きれいに決まった。相手が呻いて、背中を丸めた。

伊沢は、体重《ウエイト》を乗せた右のロングフックを繰り出した。ずんぐりとした男が吹っ飛んだ。

そのすぐ後だった。

伊沢は左の臑に激痛を覚えた。痩せた男がスパナを拾って、力まかせに叩きつけてきたのだ。

伊沢は顔をしかめて、片膝をついた。

そのとき、頭のてっぺんに肘打ちを落とされた。エルボーを落としたのは、パンチパーマの男だった。脳天が痺れた。伊沢は頽《くずお》れた。

パンチパーマの男が無数のキックを浴びせてきた。すぐに細身の男も立ち上がった。伊沢は転がった。

なんとか男たちの蹴りから逃れたかった。しかし、体が思うように動かない。伊沢は腹と腰をさんざん蹴られた。

蹴られるたびに、息が詰まった。みっともないほど呻き声が出た。伊沢は反撃できなかった。四肢を縮めて、急所を庇うのがやっとだった。

「これで少しは懲《こ》りただろう」

「でしょうね」

男たちは低く言い交わし、足早に立ち去った。拳銃は忘れずに拾っていった。伊沢のスパナだけがコンクリートの上に転がっていた。

——奴らの正体を吐かせることはできなかったが、敵は明らかに牙《きば》を剝《む》いた。そのうち、必ず闇の奥から引きずり出してやる！

伊沢は、ゆっくりと起き上がった。腹や胸の筋肉が熱を帯びはじめていた。疼《うず》きが鋭い。しかし、骨そのものは何ともないようだ。

伊沢は呼吸を整えてから、自分の車に向かって歩きだした。歩《ほ》を運ぶたびに、全身が痛んだ。

この痛みは、決して忘れない。

伊沢は歯を喰いしばって、歩きつづけた。ＢＭＷまでは二十メートルそこそこの距離だったが、ひどく遠く感じられた。

やけに、歩きでがあった。

第三章　標的

1

チノパンツは血だらけだった。

伊沢はベッドに凭《もた》れ掛かったまま、チノパンツを膝《ひざ》まで下ろした。下北沢にあるマンションの自室だ。左の臑《すね》のあたりには、赤黒い血がこびりついている。布地は傷口にへばりついて離れない。

伊沢は右腕を伸ばした。

ガラステーブルの上にあるワルイド・ターキーの壜《びん》を摑《つか》む。バーボン・ウイスキーは、まだ半分ほど残っていた。

伊沢は凝固《ぎょうこ》した血糊《ちのり》をウイスキーで溶かしはじめた。ひどく沁《し》みた。跳《と》び上がりそうになった。少し経つと、傷口から布地が剝《は》がれた。

伊沢は、チノパンツを足首まで押し下げた。

左脚が血で赤い。向こう臑の肉は深く裂けている。骨が見えそうだった。痛みは鋭かった。
二、三日おとなしく寝ていれば、傷口は塞《ふさ》がるだろう。
伊沢はチノパンツから両足を抜き、ベッドに這《は》い上がった。打撲傷の疼痛《とうつう》も強まっていた。しかし、あいにく部屋に湿布薬はない。

この程度の打ち身なら、大事には至らないだろう。とにかく、安静にしていることだ。

伊沢は仰向《あおむ》けになって、目をつぶった。ラグビーで、捻挫《ねんざ》や打ち身には馴《な》れていた。肉離れを起こしても、めったに医者には診《み》せなかった。

――パンチパーマの男たちは、おそらく理沙に近づく人間をチェックしてたんだろう。とすると、やっぱり奴らは堂本組の人間だな。例の剃髪頭《スキンヘッド》の男も、奴らの身内にちがいない。多分、村瀬は堂本組の弱みを握ったんだろう。

そこまで考えたとき、ナイトテーブルの上で携帯電話が鳴った。

伊沢は横たわったまま、携帯電話を掴み上げた。

「おれだよ」

滝口だった。

「何かわかった?」

「あのホテルにコールガールたちを送り込んでるのは、銀竜会だったよ。さっき『ナイト・キャッスル』の支配人に小遣いをやって、こっそり教えてもらったんだ。理沙って娘《こ》は別だぜ」

「その話は、おれも知ってる。パートナーだった女の子から聞いたんだ」

「そうか」

「その子の話によると、理沙は以前、堂本組系のデートクラブで仕事をしてたらしいんだ。村瀬の事件に絡んでるのは堂本組なんじゃないか。おれは、そう睨《にら》んでる」

「堂本組だって⁉」

「ああ」

伊沢は美里と理沙に会ったことを順序立てて話し、四谷レジデンスの地下駐車場で暴漢に襲われたことも告げた。

「堂本組が臭いっていうのは、見当違いだな」

「どうしてそう言い切れるんだ？」

「堂本組は戦前からの博徒《ばくと》集団で、覚醒剤《シャブ》や管理売春には手を出してないんだよ」

滝口は職業柄、裏社会に精通していた。

「そうなのか」

「美里って娘が、いいかげんなことを言ったのさ」

「そうなんだろうか」

伊沢は頭が混乱しはじめた。

「おそらく銀竜会の仕業《しわざ》だよ。銀竜会は武闘派の暴力団なんだ。村瀬は銀竜会の覚醒剤をなんらかの方法で手に入れたんだよ、多分な」

「そうかな」

「村瀬は銀竜会を叩《たた》き潰《つぶ》そうと考えてたんじゃないだろうか。それで、逆に銀竜会の奴に撃ち殺されたんじゃないのかな」

「もう少し調べてから、結論を出そう」

「そうだな。それはそうと、伊沢、かなり痛めつけられたのか？」

「いや、打撲傷と軽い裂傷を負っただけさ」

「なんか心配だな。おれ、これから行くよ」

「大丈夫だって、おれのほうは」

「そうか」

「滝口、さっき話した笹森玲奈って女の正体を調べてくれないか」

「理沙って娘の話、信用できるのか？　苦し紛れに、そんな嘘《うそ》をついたんじゃねえのかな」

滝口が呟《つぶや》くように言った。

「そうかもしれないが、一度、調べてみてもいいんじゃないか」

「おまえがそう言うんなら、やってみるよ。『麗女館』ってクラブは、風林会館の近くにあるって話だったよな?」

「ああ。多分、雑居ビルの中にあるんだろう」

「今夜から、さっそく笹森玲奈ってママのことを探ってみるよ」

「頼んだぞ」

「オーケー。それじゃ、また連絡する」

電話が切れた。

もしかしたら、美里がパンチパーマの男たちに連絡したのだろうか。突然、そんな思いが伊沢の脳裏を掠めた。

携帯電話の終了キーを押し、身を起こす。伊沢は体を庇いながら、静かにベッドを降りた。

床に脱ぎ捨てたジャケットを拾い上げて、ポケットを探る。伊沢は美里の携帯電話の番号が書かれているメモを抓《つま》み出して、携帯電話を握った。

ベッドに浅く腰かけ、数字キーを押す。三度目の呼び出し音で、電話が繋がった。

「はい、白石です」

美里の声だ。

「伊沢だよ」

「昼間はありがとう。わたし、腰が抜けちゃったみたいな感じよ。仕事、休んじゃったの。そうそう、理沙ちゃんに会えた？」

「会えたが、妙なおまけまでついてたよ。ずいぶん血の気の多い友達を紹介してくれたもんだな」

伊沢は鎌《かま》をかけた。

「それ、どういう意味⁉」

「理沙を訪ねた帰りに、ヤー公たちに痛めつけられたんだ。きみじゃないのか、あいつらに連絡したのは？」

「伊沢さん、なんてこと言うのっ。怒るわよ。なんでわたしが、そんなことをしなくちゃならないの？　ね、教えて！」

美里は怒りを隠さなかった。作り声ではなさそうだ。

伊沢は、そう感じた。

「黙ってないで、何か言ってよっ。わたし、妙な疑いをかけられて、とっても不愉快だわ」

「ほんとに、きみじゃないのか？」

「当たり前でしょ！　わたし、本気であなたに惚《ほ》れはじめてたのに。そんな相手を困らせることとするわけないでしょ！」

「疑ったりして、悪かった。そのうち、お詫《わ》びかたがた会いに行くよ」

「もう来ないで。幻滅しちゃったわ。さよなら！」

美里は硬い声で言うと、荒っぽく電話を切った。

――彼女は無関係だったんだ。おれ、どうかしてるな。

伊沢は自分を罵《ののし》って、終了キーを押した。

そのすぐ後だった。インターフォンが鳴った。

さっきの男たちに尾《つ》けられていたのか。

伊沢は緊張した。息を殺して、目で得物《えもの》になるような物を探す。あいにく手の届く場所には、武器に使えそうな物は何もなかった。

ドア・チェーンを掛けるべきだった。

伊沢は悔やんだ。いつも彼は、シリンダー錠を横に倒すだけだった。

ドア・ノブを回す音が響いた。

伊沢は立ち上がって、玄関から死角になる場所まで抜き足で歩いた。

ドアの開く音がした。胸の鼓動《こどう》が速くなった。

「伊沢さーん、トイレなの？」

女友達の朝比奈まゆみの声だった。まゆみには、部屋のスペアキーを渡してあった。

伊沢は胸を撫《な》で下ろして、物陰から出た。

「なあんだ、そこにいたのか」

「ごめん！　危《ヤバ》い連中が押しかけてきたのかと思ったもんだからさ」

「危《ヤバ》い連中？」

「ちょっとヤーさんと立ち回りをやっちまったんだよ」

伊沢は答えた。

「無鉄砲ね。あっ、膈んとこ、怪我《けが》してる」

「平気だよ、こんな怪我ぐらい」

「怪我してるのはそこだけ？」

「全身、打ち身だらけだよ。二人の男に代わる代わる蹴《け》られたからな。しかし、打ち身なんか怪我のうちに入らないさ」

「駄目よ、放《ほ》っといちゃ。わたし、ドラッグストアまで行ってくる」

まゆみは言うなり、部屋を飛び出していった。

伊沢は苦笑して、ベッドに腰かけた。

ラークマイルドを二本灰にしたころ、まゆみが駆け戻ってきた。彼女は、胸に二つの紙袋を抱えていた。伊沢は女友達を犒《ねぎら》った。

「薬と包帯を買ってきたわ」

まゆみは息を弾ませていた。

「わざわざ買いに行ってくれなくてもよかったのに」

「傷口から黴菌《ばいきん》が入ったら、どうするの？　一生、左足を引きずって歩くことになるかもしれないのよ」

「女は、何事も大げさに考えるんだな」

「いいから、ベッドに横になって」

ボブの両脇の髪を耳に掛けると、まゆみは両膝をついた。ベッドの脇《わき》だった。

伊沢は素直に身を横たえた。

「応急処置しかできないけどね」

まゆみがそう言い、脱脂綿に消毒液をたっぷり含ませた。すぐに彼女は、伊沢の臑の傷口を洗いはじめた。さっきよりは沁みなかった。伊沢は冗談半分に言った。

「結婚したら、きみは案外、いい世話女房になりそうだな」

「でも、結婚してくれる男性がいなくちゃね」

「そりゃ、そうだ」

「うふふ」

まゆみは消毒が済むと、ガーゼに軟膏《なんこう》を塗りつけた。化膿《かのう》止めだろう。

それを傷口に当てると、まゆみは器用な手つきで包帯を巻きはじめた。次に彼女は、伊沢のスタンドカラーの長袖《ながそで》シャツのボタンを外した。

「あらあら、あっちこっち痣《あざ》だらけだわ。なんでまた、やくざ屋さんたちなんかとやり合ったの？」

「連中が、いきなり襲ってきたんだ。おれ、村瀬の事件を調べはじめてるんだよ」

伊沢は言った。まゆみには電話で、村瀬が殺されたことを話してあった。

「あなたの気持ちはよくわかるけど、あんまり深入りしないほうがいいんじゃない？命のスペアはないのよ」

「女にゃ、男の気持ちはわからないさ」

「またまた、お得意の台詞《せりふ》ね」

まゆみは笑って、伊沢の胸や腹に湿布を貼《は》りはじめた。冷湿布だった。湿布を当てられるたびに、伊沢はぞくりとした。

「これは、あくまでも応急手当よ。明日、ちゃんと病院に行ってね」

まゆみが湿布を茶色いテープで固定しながら、優しい声音《こわね》で言った。

「おれは昔っから、医者と政治家が嫌いなんだ。威張り腐ってる奴が多いからな」

「駄々っ子みたい。男って、いくつになっても幼児性が抜けないのね」

「それは認めるよ」

伊沢は小さく笑った。筋肉が痛んだ。

「今夜は泊まり込みで看病してあげる」

「おれは病人じゃないんだぜ。看病なんか必要ないって」

「でも、こんな怪我人を独りにしておけないわ」

「仕事、大丈夫なのか？」

「ええ、急ぎの仕事はどれもやっつけちゃったから」

まゆみは、フリーのグラフィック・デザイナーだった。

伊沢が馴染《なじ》みの酒場でまゆみと出会ったのは、ちょうど二年前である。常連客の女流写真家が彼女を店に連れてきたのだ。

その後、まゆみは独りでちょくちょく飲みにくるようになった。ごく自然に、伊沢と彼女は親しくなった。

初めて夜を共にしたのは、およそ三カ月後だった。まゆみは、すでに女になりきっていた。それでいて、過去の男たちの影は少しも留《とど》めていなかった。

二人は深い関係になっても、互いに一定の距離を保ちつづけた。そんなふうにして、きょうまでつき合ってきた。

「果物を少し買ってきたの。食べる？」

「いまはいいよ」

伊沢は、まゆみを引き寄せた。まゆみが人差し指を伊沢の唇に押し当てた。

「今夜はやめよう。だって、傷に障《さわ》るでしょ？」

「平気だよ。きみが上になってくれれば、おれはそれほど体を動かさなくても済む」

「いやねえ。もう少しロマンチックな言い方してよ」

「おれは、無器用な人間だからな」

「よく言うわ。ほうぼうで女を泣かせてきたくせに」

「おれは、そんな遊び人じゃないって」

「ごまかしても駄目よ。ちゃんとこれが証明してるんだから」

まゆみはいたずらっぽく笑うと、トランクスの上から伊沢の性器を摑んだ。

伊沢は煽《あお》られた。まゆみを引き寄せて、その唇を封じる。

まゆみが控え目に舌を潜《もぐ》らせてきた。伊沢は舌を乱舞させた。まゆみは少しの間、情熱的に応《こた》えたが、じきに顔を離した。

「これくらいにしておかないと、体に火が点《つ》きそうだわ」

「もうおれのほうは火が点いちまったよ」

「嘘ばっかり」

「ほんとだって。ほら、見てくれ」

「あら、あら。坊や、夜更かしはいけませんよ。早くおねんねしなさい」

まゆみが言いながら、トランクス越しに強張《こわば》りかけたペニスを指先で軽く叩いた。

「余計に目を覚ましちまったよ。裸になって、坊主を寝かしつけてくれ」

「大丈夫なの？」

「もちろんさ」

伊沢は大きくうなずいた。

まゆみが意を決したように立ち上がった。白と黒の細かいチェックのジャケットを脱ぎ、黒いフレアスカートを床に落とした。

2

ドアを手前に引いた。

店の奥から嬌声《きょうせい》が響いてきた。歌舞伎町のクラブ『麗女館』だ。

伊沢は店内に入った。ベージュのスーツ姿だった。

三日後の夜である。夕方、滝口から電話があり、笹森玲奈の尾行に失敗したという連絡が入っていた。伊沢は、自分で玲奈の正体を突き止める気になったのだ。

「いらっしゃいませ」

黒服のフロアマンが走り寄ってきて、恭《うやうや》しく頭を下げた。

「ここは会員制なのかな？」

「いいえ、どなたでも大歓迎でございます」

「それじゃ、軽く飲ませてもらおう」

「どうぞ、こちらに」

若いフロアマンが案内に立った。

伊沢は、後につづいた。左の臑には、まだかすかに痛みが残っていた。

店内は割に広かった。

ふかふかのソファセットが十組ほどあった。隅には、白いピアノが見える。ホステスは十五、六人いた。日本人ばかりではない。東南アジア出身と思われるホステスが四、五人交じっていた。いずれも若かった。

ほぼ満席だった。

伊沢は、化粧室に近い席に坐《すわ》らされた。テーブルには、キャンドルライトが置かれている。赤い光が妖《あや》しく揺らめいていた。

「何をお召し上がりになりますか？」

フロアマンが片膝をついて、笑顔で問いかけてきた。

「バーボンの水割りにしよう」

伊沢は言った。

「かしこまりました。女性のご指名はございますか？」

「いや、別に。若い娘《こ》なら、誰でもいいよ」

「わかりました。少々、お待ちください」

フロアマンが深く頭を下げ、遠ざかっていった。

少し待つと、銀ラメの青いドレスを着たホステスがやってきた。肌はアーモンド色だった。顔立ちも日本人とは違う。

「いらっしゃいませ。ジュディです」

女が滑《なめ》らかな日本語で言い、正面のソファに坐った。伊沢はオリーブグリーンのネクタイの結び目を緩めながら、女に問いかけた。

「お国はどこ？」

「フィリピンです」

「日本語がうまいね」

「通算二年近くこっちにいるんです。一度、強制送還されたんですけど、また来ちゃいました」

「偽造パスポートを使ったようだな？」

「はい、そうです」

ジュディは少しも悪びれなかった。

「政権が変わって、少しはよくなったのかな？」

「ちっとも変わりません。一般の国民は、いまも貧乏です。だから、わたしたち、リッチな日本に働きに来てるんです」

「フィリピン人ホステスさんは何人いるの？」

「いまは、わたしを入れて四人です。ほんとは五人いたんですけど、ひとりは失踪《ミッシング》してしまったの」

「そう」

「いちばん美人だったんだけどね」

ジュディは哀《かな》しげに笑って、口を噤《つぐ》んだ。バーボンとオードブルが運ばれてきた。

伊沢はジュディに言った。

「きみも何か飲みなよ」

「それじゃ、カンパリ・ソーダをいただきます」

ジュディが伊沢に断って、フロアマンに目顔で註文《ちゆうもん》した。フロアマンがうなずき、歩み去った。

伊沢はバーボンの水割りをひと口飲んだ。銘柄はブッカーズだった。グラスを卓上に戻して、伊沢はジュディに小声で訊《き》いた。

「ママはどこにいるんだい？」

「えーと」

ジュディが上体を捩《ねじ》って、遠くにいる和服の女に目を当てた。

「きれいなママだね」

「ええ。後で、ママがご挨拶《あいさつ》に来ると思います」

「そいつは楽しみだな」

伊沢はことさら明るく言って、店内をさりげなく眺め回した。柄の悪い客は見当たらない。

カンパリ・ソーダが運ばれてきた。

ジュディと談笑していると、和服の女が歩み寄ってきた。ジュディが振り返って、伊沢に言った。

「ママです」

「そう」

伊沢は和服の女に目礼した。ママが会釈《えしゃく》し、ジュディのかたわらに浅く腰かける。伊沢は笑顔を向けた。

「いらっしゃいませ。ご挨拶代わりに」

ママが、襟元から和紙の名刺を取り出した。伊沢は、それを受け取った。笹森玲奈という文字が中央に印刷されている。

「あいにく名刺を切らしてるんだ」

「この次にお見えになったときにでも、いただきますわ」

「伊藤という者です」

伊沢は偽名を騙《かた》って、改めて玲奈を見た。

目にいくらか険《けん》があるが、美しかった。完璧《かんぺき》な瓜実顔《うりざねがお》だ。頰《ほお》のあたりに、頽廃《たいはい》的な色気がにじんでいた。細い項《うなじ》が男心をそそる。唇も官能的だった。

「いやですわ、そんなにまじまじと」

「ママは、本当にきれいだ。理沙の言った通りだな」

伊沢は揺さぶりをかけた。

「理沙さん？」

「ほら、糸居理沙ですよ」

「そのお名前には記憶がないわ」

「おかしいな。ママのことは、理沙から聞いたんだ。確かママは昔、銀座のクラブに勤めてたんでしょ？」

「え、ええ」

「それじゃ、やっぱり間違いない。理沙って、四谷レジデンスの九〇二号室に住んでる娘《こ》ですよ。彼女、ママのことをよく知ってるんだがな」

「そうおっしゃっても、まるっきり思い当たる方がいませんの」

玲奈は困惑顔になった。その瞳《ひとみ》に一瞬、不安げな光が宿った。

――とぼけやがって。まあ、いいさ。撒《ま》き餌《え》を放ったんだから、そのうち鉤《はり》に引っ掛かってくるだろう。

伊沢はラークマイルドをくわえた。すかさず玲奈が、女物のライターを鳴らす。漆《うるし》塗りのデュポンだった。

伊沢は煙草《たばこ》に火を点けてから、玲奈に言った。

「きっと理沙は、ママと誰かを間違えてるんだな。妙なことを言い出して、すみませんでした」

「いいえ、お気になさらないで。それでは、どうぞごゆっくり」

玲奈は匂《にお》うような微笑をたたえ、優美な身ごなしで立ち上がった。

伊沢は、目で玲奈の後ろ姿を追った。玲奈は調理場の隣のドアを開けた。そこは、事務室らしかった。

――ママはどこかに電話するつもりだな。さて、敵はどんなリアクションを起こすか。

伊沢は身と心が引き締まった。

「お客さん、女性が好きですか？」

ジュディが唐突に問いかけてきた。

「女が嫌いだって言う男は、ゲイだけだよ」

「それだったら、わたしとメイクラブしませんか？　オールナイトで、これだけです」

ジュディがキャンドルライトの陰で、四本の指を立てた。

「四万円？」

「ええ。今晩、どうですか？　十一時半になれば、わたしたち、フリーです」

「きょうは、あいにく用事があるんだ」

「そうなんですか」

「今度、つき合うよ。店に言われて、客と寝てるのかい？」

伊沢は、ジュディの耳に顔を近づけた。

「ええ、フィリピンから来た子たちは全員ね」

「客には、きみたちが直接、交渉するわけ？」

「そうです。お店は、お客さんを紹介してくれません」

「ノータッチってわけか。それじゃ、四万円は丸々、きみたちの収入になるんだね？」

「いいえ、半分はママに取られます。マネージメント料として、取られるんですよ。お客さんとホテルに行ったことを隠してたら、わたしたち、後で暴力《バイオレンス》受けます」

「誰にやられるんだ？」

「ママのお友達です。みんな、やくざ《ギャングスター》みたいな男の人ばかりなの」

「そいつらは、なんて組織の連中なんだい？」

「組織《シンジケート》の名前はわかりません。ただ、とっても怖いです。火の点いたシガレットで肌を焼かれた娘《こ》もいるし、大事なとこに棒を突っ込まれた娘もいます」

「ひでえ店だな」

「だけど、ここで働いていれば、いつかリッチになれます。フィリピンにいる家族《ファミリー》、喜んでくれる」

「そうかもしれないが……」

伊沢は言葉がつづかなかった。胸のどこかが疼《うず》いた。

しかし、センチメンタリズムでは他人は救えない。黙り込むほかなかった。

それから間もなく、伊沢は席を立った。

ジュディに送られて、店を出る。料金は二万数千円だった。

店は雑居ビルの七階にあった。

エレベーターで一階まで降り、伊沢は表に出た。車は、少し離れた路地に駐《と》めてある。違法駐車だった。

伊沢はドルフィンカラーのＢＭＷに乗り込み、表通りまでバックさせた。車を『麗女館』のある雑居ビルの斜め前まで転がしていく。区役所通りである。

車を停《と》めると、伊沢はサングラスをかけた。

雑居ビルの出入口に視線を向ける。玲奈を尾行して、まず住まいを突き止めるつもりだった。

酔いは浅かった。意識的に飲む量を抑えたのだ。カーラジオに耳を傾けながら、玲奈が現われるのを待つ。

やがて、十一時半になった。『麗女館』の閉店時刻だ。

伊沢はラジオのスイッチを切った。

雑居ビルから、酔客や酒場の従業員たちが次々に出てくる。伊沢は目を凝《こ》らした。

五分ほど過ぎると、ジュディたちフィリピン人ホステスがひと塊《かたまり》になって現われた。

その後、人影はぱたりと途絶えた。

玲奈は売上の計算か何かで、もう少し遅く帰るのだろう。伊沢は待ちつづけた。

十二時になった。それでも、玲奈は姿を見せない。

伊沢は少し焦《じ》れはじめた。しかし、待つほかなかった。ひたすら時間を遣《や》り過ごす。

さらに三十分が経過した。

伊沢は不安になって、店に行ってみることにした。車のドアをロックして、雑居ビルに駆け込む。

人気はなく、ひっそりとしていた。一見したところ、階段はなかった。まだ玲奈は店内にいるはずだ。

伊沢はエレベーターで、七階まで上がった。

あたりをうかがう。怪しい人影は見当たらない。伊沢は『麗女館』に近づいた。店のドアは閉ざされていた。

おそらくママは、店内のどこかに隠れているのだろう。

伊沢は、重厚な木製ドアに耳を押しつけた。かすかに人のいる気配が伝わってきた。だが、話し声は聞こえない。

伊沢は耳をそばだてた。

数秒後だった。伊沢は、首の後ろに冷たい金属を押し当てられた。と思ったら、全身に痺《しび》れに似た感覚が走った。意識がぼやけはじめた。

伊沢は振り返った。

すぐ後ろに、剃髪頭《スキンヘッド》の男が立っていた。

村瀬を撃った男だ。剃髪頭《スキンヘッド》の男は、箱型に近い拳銃《けんじゅう》のような物を握っていた。上部から、アンテナのような物が二本突き出している。電極だろう。

高圧電流銃《スタンガン》らしい。

薄らぐ意識の底で、伊沢はそう思った。体に力が入らない。

「早く眠っちまえ」

剃髪頭《スキンヘッド》の男が憎々しげに言った。

伊沢は振り向いて、男に殴りかかった。腰が砕けて、定まらない。放ったパンチは空に流れた。

男に蹴りを見舞われた。

伊沢は躱《かわ》せなかった。身を折ったとき、また首筋に熱い痺れを覚えた。

急激に意識が混濁《こんだく》した。体がぐらついた。

その後は、何もわからなくなった。

深い闇《やみ》にくるまれた。

3

むせた拍子に、我に返った。

伊沢は跳ね起きた。ベッドの上だった。

素っ裸にされていた。ナイトスタンドだけが灯《とも》されている。見覚えのある寝室だった。

理沙のマンションだ。

伊沢のかたわらには、全裸の女が横たわっていた。理沙だった。その首には、肌色のパンティーストッキングが巻きついている。

「おい！」

伊沢は理沙の肩を揺さぶった。

肌はひんやりと冷たい。呼吸音は聞こえなかった。

死んでいる。

伊沢はさすがに狼狽し、慌《あわ》ててベッドを滑り降りた。異臭が室内に満ちていた。ガスの臭《にお》いだ。

伊沢は口許《くちもと》を手で覆って、窓辺に走り寄った。サッシ窓を大きく開け放つ。夜気《やき》が生きもののように部屋に躍り込んできた。

伊沢は新鮮な外気を吸うと、体を反転させた。

中腰になって、ガスの元栓を探す。それは、ベッドの近くにあった。ガスの噴出音が無気味だ。伊沢は大急ぎで、元栓を閉めた。ひとまず安堵する。

伊沢はようやく唇が腫《は》れていることに気づいた。口の周《まわ》りが薬品臭かった。

——スキンヘッドの男はおれをスタンガンで気絶させた後、エーテルかクロロホルムを嗅《か》がせたんだな。そして奴は理沙を絞殺して、おれを彼女の横に寝かせた。で、ガスを放って逃げたんだろう。

伊沢は、床に散らばった自分の衣服を掻《か》き集めた。ガスにむせながら、手早くワイシャツとスラックスを身につける。黒いソックスも履《は》いた。

この状況では、自分が理沙を殺したと疑われそうだ。すぐに現場から遠ざかることにした。

伊沢は上着とネクタイを小脇に抱えて、寝室から走り出た。

居間は暗かった。手探《さぐ》りで、玄関に向かう。

伊沢は靴を履くと、すぐさま理沙の部屋を出た。ドアはロックされていなかった。

廊下を走り、エレベーターホールに急ぐ。

角を曲がりかけたとき、伊沢は出会い頭に誰かとまともにぶつかってしまった。

水商売ふうの若い女だった。女の手からプラダのバッグが落ちた。伊沢はすぐにバッグを拾い上げて、女に渡した。

「申し訳ない。ちょっと急いでたもんだから」

「気をつけてよね！」

女が仏頂面《ぶっちょうづら》で言って、しげしげと伊沢の顔を見た。次の瞬間、怪しむ目つきになった。

まずい。

伊沢はエレベーターホールに足を向けた。

四谷レジデンスを出て、通りかかったタクシーを拾う。そのときは、上着を着ていた。

区役所通りまで戻った。時刻は午後三時近かった。

ＢＭＷは駐車した場所にあった。

伊沢は念のため、タイヤの空気圧などを検《しら》べてみた。異常はなかった。

運転席に入って、自分の運転免許証がなくなっていることに初めて気がついた。血の気が引いた。

――スキンヘッドの男がおれの免許証を抜き取って、理沙の寝室のどこかに置いたにちがいない。警察がそれを発見したら、面倒なことになるな。探しに行こう。

伊沢はイグニッションキーを捻《ひね》った。エンジンは一発でかかった。車を四谷に向ける。

深夜の新宿通りは空いていた。四谷三丁目の交差点まで、ほとんどノンストップで走れた。

四谷レジデンスのある通りに入った。伊沢は愕然《がくぜん》として、車を路肩に寄せた。マンションの表玄関の前に、東京ガスのサービスカーが停まっていたからだ。ガス臭さを感じたマンションの居住者が、ガス会社に連絡したのだろう。

もう九〇二号室には、係員が入っているにちがいない。のこのこ部屋を訪ねたら、怪しまれるだけだ。おそらく係員は理沙の死体を発見して、一一〇番しただろう。ここに、いつまでもいるのは危険だ。

伊沢はＢＭＷを慌《あわ》ただしく発進させた。

自宅のある下北沢に向かいかけたが、すぐに思い留《とど》まった。早晩、警察の手が伸びてくるだろう。

——ホテルに泊まるのも危険だな。そうだ、滝口の店に行こう。あの店には、屋根裏部屋がある。身を隠すには絶好の場所だ。

伊沢は車を新宿に向けて走らせはじめた。

滝口の経営するスナック『オアシス』は、職安通《しょくあんどお》りにあった。

十数分で、目的地に着いた。伊沢は店の近くの路上に車を駐《と》めた。百メートルほど歩いて、滝口の店のドアを押す。

客の姿はなかった。

ボウタイを結んだ滝口が止まり木に坐って、グラスを傾けていた。古いモダンジャズが流れていた。ソニー・ロリンズだった。

「きょうから店を開けたんだが、なんか商売する気になれなくてな」

滝口が暗い声で言った。伊沢は隣のスツールに腰かけた。

「伊沢、怪我のほうはもういいのか？」

「それより、ちょっとまずいことになったんだ」

「どうしたんだよ？」

滝口が訊いた。

伊沢は経緯《いきさつ》を話した。

「そうか、理沙って娘《こ》は消されちまったのか」

「彼女がおれに喋《しゃべ》ったことは、でたらめじゃなかったんだよ」

「そうだったんだな」

「滝口、当分、屋根裏部屋を使わせてもらうぞ」

「好きなだけいてくれ」

滝口が笑顔で応じた。

「これで、ほんの少し敵の姿が見えてきたな。笹森玲奈かスキンヘッドの男を締め上げて、仮面をひん剝《む》いてやる」

「おれも協力するよ。それはそうと、覚醒剤《シャブ》とクラックは下北沢のマンションに置きっぱなしにしてあるのか？」

「ああ」

「そいつは危《ヤバ》いな。理沙の部屋で運転免許証が発見されたら、当然、警察は伊沢の部屋を調べるぜ」

「そうか、そうだよな」

「いまなら、まだ間に合うかもしれない。マンションに覚醒剤を取りに行こう。な、伊沢！」

「わかった、行こう」

伊沢は滝口とともに、勢いよく表に飛び出した。

ＢＭＷで、下北沢のマンションに向かう。三十分そこそこで、ワンルームマンションに到着した。パトカーや警察車輛は見当たらない。

伊沢たちは素早く車を降りた。

二人はマンションに駆け込み、エレベーターで四階まで上がった。伊沢の部屋は四〇五号室だった。

部屋に入っても、わざと電灯を点けなかった。警察の目を気にしたからだ。ライターの炎で、足許を照らした。

「伊沢、覚醒剤はどこ？」

「シンクの下に隠してあるんだ」

伊沢は滝口に言って、ナイトテーブルに近づいた。テーブルの引き出しを開けて、預金通帳やキャッシュカードをひとまとめに掴み上げる。滝口がシンクの下に顔を突っ込み、ジュラルミンケースを取り出した。

「だいぶ重いな」

「二十キロはあると思うよ」

「だろうな。伊沢、早くここを出よう」

「ああ、いま行く」

伊沢はキャッシュカードなどを上着の内ポケットに収めて、小走りに玄関に向かった。ジュラルミンケースを担いで先に部屋を出た滝口が、歩廊《ほろう》で切迫した声をあげた。

「危《ヤバ》い！」

「どうしたんだ？」

伊沢は靴を履きながら、低く問いかけた。滝口が小声で答えた。

「いま、下の道路にパトカーが停まったんだ」

「非常階段から逃げよう」

伊沢はドアをロックすると、中腰で走りはじめた。

エレベーターホールとは逆方向だった。すぐに非常用の出口にぶつかった。鉄扉《てつび》の内錠を解《と》いて、二人は静かに鉄骨階段を下《くだ》りはじめた。

「この階段は、表通りからは見えないんだ」

伊沢は低く言った。

滝口は小さくうなずいたきりだった。階段を降りると、二人は狭い通路を走った。ほどなく伊沢たちはマンションの裏道に出た。

「ここで待っててくれ。おれが車をこっちに転がしてくるよ」

滝口が麻薬の入ったジュラルミンケースを足許に置き、右手を差し出した。

伊沢は車のキーを渡した。滝口が走り去った。

——警察に見咎《みとが》められなければいいが……。

伊沢は落ち着かなかった。

数分後、車のヘッドライトが見えた。ＢＭＷだった。

伊沢は、ジュラルミンケースを両手で抱え上げた。すぐそばにＢＭＷが停まった。

伊沢は、助手席に乗り込んだ。

「間一髪だったな」

滝口が安堵《あんど》した表情で言った。伊沢は訊いた。

「怪しまれなかった？」

「多分、大丈夫だろう。パトカーのそばにお巡りが二人いたけど、何も言われなかったからな」

「警察の連中は、おれの部屋に来たんだろうな」

「確かめる余裕はなかったが、それは間違いないだろう。店まで、おれが運転しよう」

滝口が車をスタートさせた。

『オアシス』に戻ると、伊沢と滝口は飲みはじめた。どちらもジン・ロックだった。

「上の屋根裏部屋は一年前のままか？」

伊沢は、カウンターの内側にいる滝口に確かめた。

「一年前？　あ、そういえば、おまえ、ここで酔い潰《つぶ》れて泊まったことがあったな」

「ああ。この店の三周年記念か何かの夜だったよ。確か村瀬もいたはずだ」

「そうだったな。あのときとは大違いだよ。いまはベッドもあるし、少々映りは悪いが、テレビもあるんだ」

「さてはおまえ、酔った女の客を屋根裏部屋に連れ込んでやがるな」

「バレたか。そうだ、おまえにここの鍵《かぎ》を渡しておこう」

滝口が酒棚からキーを抓《つま》み上げて、伊沢の前に置いた。

「おれがこれを預かっちゃったら、おまえ、困るんじゃないのか？」

「東中野の家に合鍵があるんだ」

「なら、預かっておこう」

伊沢は、上着のポケットに店の鍵を入れた。

「家から何か着る物を持ってくるよ。いつまでも、その恰好《かっこう》じゃいられないだろうからな。そのほか何か必要なものは？」

「ついでにスポーツキャップと濃いサングラスを貸してもらおうか。敵に顔を知られたから、ちょっと変装しないとな」

「そうだな。『麗女館』のママは、また、おれが尾行するよ」

「いや、おれがあの女の正体を暴《あば》いてやる。今夜の礼も言いたいしな」

「そうか。くれぐれも気をつけろよ」

「わかってるさ」

伊沢ジン・ロックを呷《あお》った。

そのとき、カウンターの端の電話が軽やかな電子音を奏《かな》ではじめた。滝口が腕を伸ばして、受話器を摑み上げた。

遣《や》り取りは短かった。電話を切って、滝口が微苦笑した。

「女房からだよ。いつもより帰りが遅いんで、心配になったんだとさ」

「いい奥さんじゃないか」

伊沢は言った。

「さあ、どうだか。女ってやつは女房になると、だいぶ変わるからな。一緒に暮らしてりゃ、いろんなことがあるよ」

「奥さんとうまくいってないのか？」

「とんでもない、うちは夫婦円満ですよ」

滝口が、おどけた調子で答えた。伊沢は小さく笑って、友人に言った。

「そろそろ帰ってやれよ。それで二世づくりにでも励むんだな」

「そうするか。好きな酒、勝手に飲んでいいぞ」

「言われなくても、そうするつもりだったさ」

「じゃあ、おれは引き揚げるからな」

滝口はカウンターから出ると、いったん屋根裏部屋に上がっていった。ラフな服装に着替えて、じきに降りてきた。どうやら屋根裏の小部屋は、更衣室代わりに使われているらしい。

「寝具がちょっと湿っぽいが、我慢してくれ」

「かまわないさ、別に」

「夕方の五時過ぎには、こっちに来る。冷蔵庫に少しばかり肉や野菜が入ってるから、適当に消してくれ。それじゃ、お寝《やす》み！」

滝口は伊沢の肩を叩いて、店から出ていった。

伊沢はジンのボトルを摑み上げた。夜が明けきるまで、飲むつもりだった。いくらグラスを重ねても、いっこうに酔えなかった。

誰もいない酒場は、妙にうら悲しかった。

4

頭の芯《しん》が重い。

体もだるかった。飲みすぎたようだ。

伊沢は頭を振って、腕時計に目をやった。

もうじき午後五時になる。ベッドに潜《もぐ》り込んだのは、午前九時ごろだった。

屋根裏部屋は薄暗かった。小さな採光窓があるだけだった。空気は濁って、澱《よど》みきっている。

伊沢は腹這いになった。

ラークマイルドに火を点けた。ひと口深く喫《す》ってから、テレビのスイッチを入れる。テレビはベッドのすぐそばにあった。

何度かチャンネルを変えると、どこかの局でニュースを流していた。

伊沢は画面を見つめた。

ほどなく画像が変わった。伊沢は目を凝《こ》らした。画面に、四谷レジデンスの全景が映し出されたからだ。

「昨夜、新宿区左門町に住むモデル、糸居理沙さん、二十二歳が自宅の寝室で何者かにパンティーストッキングで首を絞められて殺されました」

三十代後半に見える男性アナウンサーは言葉を切り、すぐに抑揚《よくよう》のない声でつづけた。

「殺された糸居さんは、自分のベッドで全裸で死んでいました。寝室にはガスが充満し、ベッドの下に男性の運転免許証が落ちていました。警察は、運転免許証の持ち主が糸居さんを殺害したのではないかという見方を強めています。次のニュースです。今朝《けさ》……」

伊沢はテレビのスイッチを切った。

やはり、自分が疑われている。半ば覚悟していたことだったが、ショックは大きかった。煙草がフィルターの近くまで灰になっているのに、伊沢は気がつかなかった。指に熱さを感じて、慌《あわ》てて灰皿に投げ込む。

伊沢は煙草の火を消すと、ベッドから降りた。スラックスを穿《は》き、急な梯子《はしご》段を下る。上半身は裸だった。

伊沢は店の電灯を点けてから、勤め先に電話をした。すぐに、女性事務員が電話口に出た。

「伊沢だが、ボスと替わってくれないか」

「はい」

相手の声が遠のいた。

ややあって、倉科《くらしな》社長の低い声が流れてきた。

「おまえ、何をやったんだ？　昼ごろ、四谷署の刑事たちがここに来たぞ」

「やっぱりね」

「殺された女とは、どういう関係なんだ？　まさかおまえ……」

「ボス、おれは殺しちゃいませんよ。罠《わな》に嵌《は》まったんです」

伊沢は、昨夜のことを一部始終話した。

「わたしが付き添ってやるから、警察に行こう。事情を説明すれば、きっとわかってくれるさ」

「時間がないんです」

「おまえ、自分で真犯人を追うつもりなんだな。そうなんだろ？」

倉科の声には、驚きが込められていた。

「ええ、まあ」

「そんなことは無理だ。とにかく、おまえ自身の嫌疑を解くことが先だよ」

「失礼します」

伊沢は一方的に電話を切った。

そのとき、店のドアの鍵穴にキーが差し込まれた。伊沢はドア越しに声をかけた。

「滝口か？」

「ああ、おれだよ」

ドアが開き、滝口が入ってきた。両手に紙の手提《さ》げ袋を持っていた。

「やっぱり、警察はおまえが理沙殺しの犯人だったと疑ってるぞ」

「知ってる。いま、テレビのニュースでそのことを知ったんだ」

「夕刊にも載ってるぞ。読むか？」

「いや、いいよ」

「まずいことになっちまったな」

「ピンチの後には、チャンスが訪れるさ」

伊沢は、ことさら明るく言った。そうでも思わなければ、気が滅入《めい》りそうだった。

「しかしなあ」

「心配するな。なんとかピンチを切り抜けるよ。帽子とか着る物、持ってきてくれたか？」

「ああ、どっさり持ってきた」

「サンキュー」

「伊沢、何か喰《く》ったか？」

「いや、まだ何も喰ってない。ちょっと前まで寝てたんだ。ジンは一本そっくり空けちゃったぞ」

「酒だけじゃ、体に毒だぜ。着替えたら、何かこしらえてやろう」

滝口がそう言って、屋根裏部屋に上がっていった。

伊沢は顔を洗ってから、階上《うえ》に戻った。

滝口が背中を丸めて、仕事着に着替えている。屋根裏部屋は高さがなかった。まっすぐ背筋を伸ばしたら、梁《はり》に頭をぶつけてしまう。

伊沢は中腰で進み、ベッドに腰かけた。

「喰うものができたら、下から呼ぶ。それまでゴロッとしてろよ」

滝口が店に降りていった。

伊沢は手提げ袋の中を覗《のぞ》いた。シャツやチノパンツなどがびっしり詰まっている。スポーツキャップやサングラスなども入っていた。

伊沢は袋の中から、Tシャツとダンガリーの長袖シャツを摑み出した。

ベッドに腰かけたまま、それを身につけた。下もチノパンツに穿き替えた。どれもサイズは、ぴったりだった。

伊沢はベッドに寝そべった。

滝口が声をかけてきたのは、およそ二十分後だった。

すぐに伊沢は店に降りた。カウンターの上には、バジリコ入りのスパゲティとコーヒーが載っていた。野菜サラダと煎《い》り卵も添えてあった。

「面倒をかけるな」

伊沢は止まり木に腰かけて、フォークを手に取った。すぐに食べはじめる。滝口が問いかけてきた。

「味はどうだ？」

「うまいよ」

「買い込んできた食料、冷蔵庫に入れとくから、ちゃんと喰えよな」

「ああ。店は六時オープンだったっけ？」

「そう」

「客が来る前に屋根裏にこもるよ」

「なあに、飲みにきたような顔をしてればいいさ」

「そうもいかないだろう。そのへんは、うまくやるよ。十時ごろから、『麗女館』の前で張り込むつもりなんだ」

「そんなに早く？」

「あの店に思いがけない人物が入っていくかもしれないだろ？　それを期待してるんだよ」

「そうか。うまくやってくれ」

「今夜はもうヘマはやらない。そうそう、おまえの車を貸してくれないか。おれの車は、もう敵に知られてるからな」

「いいよ、使ってくれ」

「悪いな」

伊沢はスパゲティを食べながら、滝口と話し込んだ。滝口は喋りながらも、せっせとオードブルの下ごしらえをしていた。

六時数分前に、伊沢はスツールから滑り降りた。滝口からベンツのキーを受け取って、屋根裏部屋に引き籠った。

ベッドの下にジュラルミンケースがあるのを確かめてから、伊沢は寝そべった。

少し経つと、店に客たちがやってきた。常連客だろう。滝口と軽口をたたき合っている。

伊沢は長い時間を遣《や》り過ごした。

実に退屈だった。十時になったとき、伊沢は起き上がった。黒いスポーツキャップを被《かぶ》り、サングラスをかけた。

ダークグリーンの革《レザー》ブルゾンを手に持って、何喰わぬ顔で店に降りた。客のひとりが怪訝《けげん》そうな顔を向けてきたが、滝口が巧《たく》みに客の気を逸《そ》らしてくれた。

——行ってくる。

伊沢は目顔《めがお》で滝口に告げ、『オアシス』を出た。

滝口が使っている駐車場はわかっていた。数分歩くと、その駐車場に着いた。

伊沢は、メタリックグレイのベンツの運転席に乗り込んだ。かなり年式の旧《ふる》い車だったが、エンジンは一発でかかった。アイドリング音も快調だ。

伊沢は一服してから、ベンツを走らせはじめた。

ものの数分で、『麗女館』のある雑居ビルの前に出た。伊沢は、見通しのいい場所に車を停めた。

閉店まで、まだだいぶ間《ま》がある。

伊沢はリクライニングシートを倒して、雑居ビルの出入口を注視した。

二十分あまり経《た》ったころだった。思いがけなく、笹森玲奈が姿を見せた。白っぽい和服を粋《いき》に着込んでいる。玲奈が小走りに走りだした。区役所の方向だった。

伊沢は革《レザー》ブルゾンを引っ掛けて、素早く車から出た。

車道を斜めに横切り、玲奈を尾行しはじめる。

玲奈は振り向こうともしない。どうやら尾行には、まったく気づいていない様子だ。

伊沢は、ひと安心した。

やがて、玲奈はガラス張りの喫茶店に入っていった。

伊沢は物陰に身を潜《ひそ》めて、店内をうかがった。

玲奈が中ほどのテーブル席につく。そこには、なんとパンチパーマの男がいた。理沙のマンションの地下駐車場で伊沢に襲いかかってきた二人組の片割れだ。

男の態度は、どことなく卑屈だった。逆に玲奈は尊大に見えた。

彼女は飲みものをオーダーしなかった。

厳しい顔つきで男に何か言い、ほどなく席を立った。表に出てきた玲奈は、まっすぐ自分の店のある方向に引き返していった。

伊沢は、男を尾《つ》けることにした。

パンチパーマの男は憮然《ぶぜん》とした表情で立ち上がると、店内にあるピンク電話に近づいた。

どこかに短い電話をかけて、テーブル席に引き返す。だが、男は坐らなかった。煙草と伝票を掴んで、レジに向かった。

だぶつき気味の黒っぽい背広を着ていた。靴は白と黒のコンビネーションだった。

男が店から出てきた。

伊沢は、こころもち顔を伏せた。男が東亜会館の方向に歩きだした。急ぎ足だった。

二十数メートルの距離を保ちながら、伊沢は後を追った。

男が吸い込まれたのは、東亜会館の近くにある雑居ビルだった。男はすぐにエレベーターに乗り込んだ。それを見届けてから、伊沢はビルの中に入った。

エレベーターホールの壁に、入居企業のプレートが掲げられている。伊沢の目に、関東桜仁会尾形組《かんとうおうじんかいおがたぐみ》という文字が飛び込んできた。五階だった。

伊沢は、エレベーターの階数表示板を見上げた。

ランプは五階に灯っていた。パンチパーマの男は尾形組の組員なのか。

伊沢は、それを確かめてみる気になった。

階段を五階まで駆け上がる。息は乱れなかった。尾形組の事務所は、エレベーターホールに面していた。ドアは閉ざされ、室内は見えない。

伊沢は踊り場の壁にへばりついて、男が出てくるのを待った。

十数分待つと、パンチパーマの男が現われた。

ひとりではなかった。例の剃髪頭《スキンヘッド》と一緒だった。多分、どちらも尾形組の人間だろう。

伊沢は、躍り出たい衝動を辛《かろ》うじて捩《ね》じ伏《ふ》せた。

男たちが談笑しながら、エレベーターに乗り込んだ。話し声までは聞こえなかった。

伊沢は大急ぎで階段を駆け降りた。一階のロビーに達したとき、ちょうど男たちが表に出ていくところだった。

伊沢は二人の男を尾けはじめた。

男たちは百メートルあまり歩き、ソープランドに入っていった。伊沢は少し間を置いてから、その店に足を踏み入れた。

「いらっしゃいませ」

フロントの男が愛想笑いを浮かべた。貧相な中年男だった。額が禿《は》げ上がっている。

伊沢はその男に近寄って、低く言った。

「いま、尾形組の組員が二人入ったよな」

「誰なんですか、あんたは！」

「新宿署の者だ」

伊沢は、革《レザー》ブルゾンの内ポケットに手を滑り込ませた。警察手帳を出す振りをすると、とたんに相手の表情が和《やわ》らいだ。男は、きまり悪そうに笑った。

「頭を剃《そ》ってるほうは、確か佐藤《さとう》だったよな」

伊沢は言った。誘導尋問だった。相手は、まんまと引っかかった。

「いいえ、舎弟頭の小杉《こすぎ》さんですよ」

「そうだ、小杉だったな」

伊沢は、さも勘違いしたような口調で言った。

「連れの方は代貸《だいがし》の秋月《あきづき》さんですよ。あの方たち、何かやったんですか？」

「ちょっとな」

「そうですか。わたしたちには、とてもよくしてくれてるんですけどね」

「おれが来たことは奴らに喋るなよ。余計なことを言ったら、家宅捜索《ガサ》かけるからな」

「わかってますよ。どうぞお手やわらかに」

「真面目な商売しろよ」

伊沢はぞんざいに言って、表に出た。思わず彼は吹き出してしまった。

——これで敵の仮面が剝がれたわけだ。しかし、あの男たちは単なる雇われ人だろう。奴らを操ってるのは玲奈なんだろうか。

伊沢は急ぎ足で、『麗女館』の方に引き返しはじめた。

表通りは、どこも人でごった返していた。ベンツに乗り込んで、ふたたび雑居ビルの出入口を監視する。

玲奈が姿を見せたのは、きっかり午前零時だった。連れはいなかった。

彼女は雑居ビルの前に待機していたタクシーに乗り込んだ。店で、無線タクシーを呼んだのだろう。

玲奈を乗せたタクシーが走りだした。

伊沢は周囲を見回した。不審な人影はなかった。ベンツを発進させる。

タクシーを追跡しはじめた。

靖国通り《やすくにどお》りにぶつかると、タクシーは右折した。そのまま直進して、青梅街道《おうめかいどう》を走った。杉山公園の交差点で右に折れ、やがてタクシーは停止した。中野区内だった。

タクシーの右手に、六階建てのマンションがあった。車を降りた玲奈が、そのマンションの中に入っていった。表玄関はオートロック・システムではなかった。

伊沢はベンツから飛び出した。

マンションのエントランスロビーに駆け込む。玲奈はエレベーターの前に立っていた。後ろ向きだった。管理人室はあったが、人の姿はない。

伊沢は革《レザー》ブルゾンのポケットから、ライターを摑み出した。ジッポーだった。

忍び足で玲奈に迫る。

それでも、小さな足音が響いた。気配で、玲奈が振り返りかけた。

伊沢は走った。一気に駆け寄って、左手で玲奈の口を塞《ふさ》ぐ。同時に、右手のライターを玲奈の背中に強く押し当てた。

「声をあげたら、拳銃をぶっぱなすぜ」

「うぐっ」

玲奈の体が強張《こわば》った。

「おとなしく部屋まで案内してもらおう」

伊沢は低く凄《すご》んだ。

玲奈が大きくうなずいた。エレベーターの扉が左右に割れる。伊沢は玲奈を函《ケージ》の中に押し込んだ。扉が閉まった。

「降りる階のボタンを押せっ」

伊沢は命じた。

玲奈が六階のボタンを押す。指先が震えていた。

函《ケージ》が唸《うな》って、ゆっくりと上昇しはじめた。六階で停まるまで、伊沢は意図《いと》的に口を利《き》かなかった。無言のほうが恐怖感を与えると判断したのだ。

二人はエレベーターを降りた。

玲奈は、奥の角部屋の前で足を止めた。

室内は暗かった。どうやら独り暮らしをしているらしい。

「バッグから鍵を出して、ドアを開けるんだ」

伊沢は指示した。

玲奈は逆らわなかった。玄関に入ると、伊沢は玲奈を自分の方に向き直らせた。間《かん》髪《はつ》を容《い》れず、当て身をたてつづけに二発見舞う。

玲奈が呻いて、頽《くずお》れた。しゃがみ込んだまま、ぐったりと動かない。気を失ったようだ。

伊沢は、玄関ホールの部分照明を点けた。人のいる気配はうかがえない。玲奈を両腕で抱え上げて、奥に進む。間取りは2LDKだった。

伊沢は和室の畳の上に玲奈を投げ落とし、ダイニングキッチンに走った。ステンレスの文化庖丁《ぶんかぼうちょう》を取って、すぐさま和室に戻った。

ちょうどそのとき、玲奈が身じろぎをした。

伊沢は片膝をついて、玲奈の首に庖丁の切っ先を突きつけた。完全に意識を取り戻した玲奈が、ひっと喉《のど》を鳴らした。

伊沢は片手でサングラスを外した。
また、玲奈が喉を軋《きし》ませた。

第四章　拷問

1

「騒いだら、喉《のど》を掻《か》っ切るぜ」

伊沢は玲奈を威《おど》した。すぐに玲奈が言い返した。

「こんなことをしたら、あんた、ただじゃ済まないわよ」

「どうなるって言うんだっ」

「若死にすることになるわね」

「甘く見るんじゃない。こっちだって、捨て身なんだ！」

伊沢は右の膝頭《ひざがしら》で、玲奈の片方の乳首をぐいぐいと押し潰《つぶ》した。玲奈が三日月眉《みかづきまゆ》をたわませる。

「帯を解《と》け！」

「何が目的なの⁉　あんた、おかしなことをしたら、ほんとに血の気の多い連中が黙っちゃいないわよ」

「言われた通りにしないと、首が血で染まるぞ」

伊沢は、庖丁《ほうちょう》の切っ先を白い喉に喰《く》い込ませた。玲奈が観念したらしく、帯止めに手をかけた。

「高そうな着物だな。小紋《こもん》か？」

伊沢は問いかけた。

「綸子《りんず》よ、これは」

「そのままの姿勢で、帯や伊達締《だてじ》めをほどくんだ。くどいようだが、妙な考えを起こしたら、ブスリといくからな」

「わかってるわよ」

玲奈がふてぶてしく言い、帯や腰紐《こしひも》を体から一本ずつ剝《は》がしていった。

伊沢は着物と襦袢《じゅばん》を大きく左右に割り、淡い灰色の湯文字も捌《さば》いた。次の瞬間、彼は目を瞠《みは》った。

玲奈の二本の内腿《うちもも》に、妖艶《ようえん》な刺青《いれずみ》が彫られていたからだ。牡丹《ぼたん》が咲き乱れ、葉群《はむ》れの間に緑がかった蛇が潜《ひそ》んでいる。蛇は赤い舌をちらつかせて、陰裂をうかがっていた。ひどく猥《みだ》りがわしい図柄だった。

玲奈は、和服用の下穿《したば》きをつけていなかった。繁《しげ》みは濃く、毬藻《まりも》を連想させた。その下に、赤く輝く花弁が見える。

「女の刺青は色っぽいな」

伊沢はスポーツキャップを取った。

「あんた、何を考えてるのよっ」

「シナリオなんかない。ぶっつけ本番さ。何がどうなるかは、おれにもわからない」

「そんな……」

玲奈の語尾が掠《かす》れた。

「刺青はいつ入れたんだ?」

「一年半くらい前よ」

「機械彫りじゃなさそうだな」

「手彫りよ。彫り辰《たつ》の五代目の仕事なの」

「ふうん」

伊沢は庖丁を左手に持ち替え、右手で玲奈の白足袋《しろたび》を片方だけ脱がせた。それを丸めて、彼女の口の中に捩《ね》じ込《こ》んだ。苦しがって、玲奈がもがく。

「じたばたするな」

伊沢は玲奈を俯《うつぶ》せにさせた。それから腰紐を掻き集め、玲奈の両手を背中の後ろで縛る。玲奈が身を捩《よじ》った。

「その姿勢じゃ、楽すぎるな」

伊沢は足で、玲奈を仰向《あおむ》けにさせた。手首に痛みを感じたらしく、玲奈が顔をしかめた。

「きのうの晩、おれを殺人犯に仕立てようとしたのはあんただな？」

「………」

玲奈が何か言った。知らない、と叫んだようだった。

「あんたは尾形組の小杉に命じて、おれを高圧電流銃《スタンガン》で気絶させ、理沙のマンションに運ばせた。先に理沙を殺しておいて、おれたちがガス心中を図ったように見せかけるつもりだったんだろうが？　そうなんだなっ」

伊沢は声を張った。

玲奈が首を烈《はげ》しく振った。アップに結い上げた髪がほつれた。

「女に手荒なことはしたくないが、それも場合によるな」

伊沢は言いざま、玲奈の乳首を捩《ね》じ切《き》るように回した。

玲奈の顔に、苦悶《くもん》の色が走った。伊沢は、次に玲奈の鳩尾《みぞおち》に肘打《ひじう》ちを落とした。玲奈が体を縮めて、くぐもった呻《うめ》き声をあげた。

「どうだ、喋《しゃべ》る気になったか？」

伊沢は訊《き》いた。

玲奈は胸を弾ませただけで、うなずかなかった。伊沢は玲奈の飾り毛を抓《つま》んで、庖丁で刈り取った。それを玲奈の右目に擦《す》り込み、上瞼《うわまぶた》を強く擦《こす》った。

玲奈が唸《うな》り声を発して、のたうち回った。

すぐに眦《まなじり》から、涙があふれた。濡《ぬ》れた陰毛が閉じた瞼の間から覗《のぞ》いている。シュールな眺めだった。

「付け睫《まつ》毛《げ》にしちゃ、ちょっとカールしすぎてるよな。これで、少しは気持ちが変わったんじゃないのか？」

伊沢は言った。玲奈が歯を喰いしばって、顔を左右に振った。

――ちょっと作戦を変えたほうがよさそうだな。足首を縛って、ベランダの手摺《てすり》から逆さまに吊《つ》り下げてやるか。そうすりゃ、いくらなんでも喋る気になるだろう。

伊沢は畳の上を見た。腰紐は、二本しか余っていない。

――二本じゃ足りないな。

伊沢は立ち上がって、和箪笥《わだんす》に歩み寄った。

上段の両開きの扉を開けた。そこには、着物だけしか入っていなかった。順ぐりに引き出しを開けていく。足袋や腰紐の類《たぐい》は、最下段に収まっていた。

腰紐をまとめて五、六本摑《つか》み上げると、その下に紙製の箱があった。新書本を三冊か四冊重ねたくらいの大きさだった。

伊沢は、なんの気なしに蓋《ふた》を開けた。

中身は電動式のバイブレーターだった。伊沢は腰紐を捨て、箱を手に取った。シリコンゴム製の模造ペニスは赤みがかった茶色だった。造りは割にリアルだ。先端の部分は実物そっくりだった。その下が数センチ、蛇腹《じゃばら》になっている。円筒の部分には、疣状《いぼじょう》の突起がいくつかあった。

ペニスの幹に当たる部分から、細いコードが伸びている。コードは茶褐色だった。それは、円筒形の黒いプラスチック容器に繋がっていた。その中に乾電池が何本か入っているらしい。割に重かった。

――こんな物を持ってるんだから、玲奈って女は相当な好き者にちがいない。作戦を変更して、甘い拷問でいこう。

伊沢は性具の入った箱を持ったまま、玲奈の横で胡坐《あぐら》をかいた。玲奈が片目だけを開けた顔を向けてきた。

「大人の玩具《おもちゃ》をちょっと借りるぜ」

伊沢は言った。

玲奈の表情に、恥じらいと戸惑《とまど》いの色が交錯《こうさく》した。すぐに彼女は横を向いた。

伊沢は薄く笑って、電動性具を箱から掴み出した。

模造ペニスは二十センチほどの長さだった。かなり太さもある。よく見ると、胴の部分から指のような枝が突き出ていた。その先端は、熊手《くまで》の形に似ている。細かい切り込みが入っていた。素材はシリコンゴムだろう。

伊沢はスイッチを入れた。

軽いモーターの音が響きだした。丸い先端がくねくねと首を振る。枝の先も細かく上下に震えはじめた。その動きは、ひどく淫《みだ》らだった。

玲奈が身を縮めて、両腿をきつく閉じ合わせた。亀裂《きれつ》が隠れる。

「いまさら気取るなって」

伊沢は冷ややかに言った。

玲奈が、いやいやをした。伊沢は玲奈の胸を大きくはだけさせ、振動する熊手状のものを右の乳首に軽く押し当てた。

とたんに、玲奈の体から力が抜けた。乳首が急激に痼《しこ》った。

伊沢は、二つの蕾《つぼみ》を交互に愛撫《あいぶ》した。

乳暈《にゅううん》の小さな粒が次々に体積を増していく。玲奈は時折、くぐもり声を洩らした。

伊沢は、グロテスクな性具を玲奈の脇腹《わきばら》や下腹に粘っこく這《は》わせた。

玲奈が身をくねらせはじめた。体の芯《しん》に甘い疼《うず》きを覚えたようだ。

「体は正直だな。思いっきり声をあげてもいいんだぞ」

伊沢は、玲奈の口から足袋を引き抜いた。

玲奈が長く息を吐いた。すぐに彼女は、顎《あご》をのけ反らせた。

「こういう拷問なら、大歓迎だろうが」

伊沢は揶揄《やゆ》して、玲奈の足許《あしもと》に回り込んだ。

一瞬、玲奈が腿に力を漲《みなぎ》らせた。しかし、打ち震える性具を濃い繁みに潜《もぐ》らせると、彼女の力は萎《な》えた。両の腿が緩む。

伊沢は叢《くさむら》を掻き分けて、尖《とが》った陰核に人工ペニスを宛《あ》てがった。

玲奈が高く呻いた。背も反らした。

「もろに感じたようだな。あんた、スケベなんだね」

伊沢はからかった。すると、玲奈は上の歯で下唇を噛《か》んだ。呻き声や喘《あえ》ぎ声が洩《も》れることを防ぐ気になったのだろう。

肉の芽をさんざんいたぶってから、伊沢は模造ペニスを濡れた襞《ひだ》の奥に押し入れた。抵抗感はなかった。滑《なめ》らかに埋まった。改めて熊手に似たものを膨らみきった突起に宛てがう。

伊沢はスイッチを切り換えた。スイッチは、強中弱の三段切り換えになっていた。はざまの肉が、波のようにたゆたいはじめた。スイッチは〈強〉に入れてあった。

「あふっ」

玲奈が堪《こら》えきれなくなって、圧《お》し殺したような声を零《こぼ》した。

白い下腹がうねる。乳首も揺れた。切なげな呻き声が長く尾を曳《ひ》いた。

伊沢は性具を少し引いた。回転する先端が、膣口の襞《ひだ》をこそぐりはじめた。大陰唇がさまざまに形を変えた。淫猥《いんわい》な構図だった。

愛液が滴《したた》った。夥《おびただ》しい量だった。玲奈は、すっかり無防備になっていた。彼女は狂おしげに腰をくねらせながら、小声でせがんだ。

「ほ、欲しいわ」

「何が欲しいんだ？」

伊沢は、意地悪く訊き返した。サディスティックな気分になっていた。

「ホンモノの男性自身よ」

「やっと喋る気になったようだな」

「喋るわ、知ってることはすべて。だから、あんたの……」

「これだって、けっこう感じてるじゃないか」

「違うの、ホンモノとは」

「どこが違うんだ？」

「これには、温《あたた》かさがないの。気持ちはいいんだけど、やっぱり人工的なのよ」

「贅沢《ぜいたく》言うんじゃないっ。あんたは拷問を受けてるんだっ」

「なんでもいいから、早くホンモノをちょうだい！」

玲奈が叫ぶように言った。声は悲鳴に近かった。

眉根はきつく寄せられている。皺《しわ》が深かった。般若《はんにゃ》に似た顔つきになっていた。

伊沢は、なおも玲奈を喘がせつづけた。

玲奈は半狂乱に近い乱れようだった。

しばらくしてから、伊沢はおもむろに茶色の性具を引き抜いた。空気の洩れる音がした。その音は、どこか滑稽《こっけい》だった。

「ねえ、早く！」

玲奈が欲望に濡れた目で言い、膝を高く立てた。合わせ目は笹舟の形に綻《ほころ》んでいた。くぼみには、蜜液《みつえき》が溜《た》まっている。

伊沢は嘲笑《ちょうしょう》し、玲奈を横向きにさせた。

着物の裾《すそ》を大きくはぐった。白い尻《しり》が露《あらわ》になった。

伊沢は、スラックスのファスナーを押し下げた。昂《たか》ぶりはじめた分身を摑み出す。

玲奈に対する憎しみが、屈折した欲望をめざめさせたのだ。

「お願い、早くあんたを……」

玲奈が豊かなヒップを震わせながら、切羽詰まった声で言った。

伊沢は、玲奈を畳に這わせた。玲奈は肩と膝で体を支える恰好《かっこう》になった。

「もっと尻《けつ》を突き出せ！」

「う、うん」

「ほら、望みを叶《かな》えてやろう」

伊沢は膝立ちの姿勢で、玲奈を背後から貫いた。庖丁は手にしていなかった。

玲奈が円を描くようにヒップを回しはじめた。伊沢は数度荒っぽく腰を躍らせると、
不意に動きを止めた。

「あっ、やめないで」

「いいかげんに喋ってもらおうか」

「その前に先に……」

玲奈が腰を大きくうねらせた。

「ごまかすんじゃないっ。理沙をパンティーストッキングで絞め殺したのは、剃髪頭《スキンヘッド》
の小杉だな？」

「ええ、そうよ。あんたを裸にしたのも、小杉の舎弟だわ」

「やっと素直になったな」

「ねえ、動いて」

「なぜ、理沙を消したんだ？」

「あの娘《こ》が、わたしのことをあなたにいろいろ喋ったからよ」

「たったそれだけのことで、理沙を殺させたのか！」

「仕方がなかったのよ、自分の身を守るためには」

「で、おれまで消そうとしたんだな？」

「そうよ」

「誰が筋書きを書いたんだ？　あんたなのかっ」

「わたしじゃないわ。わたしは命じられただけよ」

「誰に命じられた？」

「お願い、焦《じ》らさないで。早くわたしを……」

「背後にいるのは、誰なんだ！　言え、言うんだっ」

伊沢は強く突きはじめた。捻《ひね》りも加える。

畳に顔をつけた玲奈が、甘い呻きを洩らした。そのすぐ後、伊沢はまた動きを止めた。

「残酷だわ、こんなの」

玲奈が恨みがましく言った。

「あんたたちのほうが、よっぽど残酷だろうが！　おれの親友を虫けらみたいに殺して、さらに理沙を葬《ほうむ》ったんだからな」

「…………」

「おれは、あんたたちを操ってる人物の名前を知りたいんだ」

「それだけは言えないわ」

「そうかい」

伊沢は、やや腰を引いた。

「いや！　言うわ、言うわよ。だから、抜かないで」

「早く質問に答えろ」

「わたし、尾形耕次《おがたこうじ》の世話になってるの」

「尾形組の組長のことだな？」

「ええ、そう」

「いやらしいバイブレーターは尾形組長のプレゼントってわけか」

「あの人、重い糖尿病で、めったにアレが立たないの」

「で、大人の玩具で慰《なぐさ》めてくれるんだな？」

「そうなんだけど、あれじゃ、物足りないのよ。わたし、もう丸ひと月もセックスをしてないの。だから、わたしをたっぷり満足させて。もう少しで、わたし……」

「尾形が黒幕だったのか」

「ううん、あの人も駒《こま》にすぎないの。尾形の後ろには、もっとすごい大物がいるのよ」

「誰なんだ、そいつは？」

「知らないわ。尾形は、絶対にその人の名前を口にしないから」

「ほんとだなっ」

「ほんとにほんとよ。わたしが知ってることは、もう全部話したわ。ああ、もう待てないっ」

玲奈が白ら烈《はげ》しく動きはじめた。ダイナミックな迎え腰だった。

伊沢は、そそられた。がむしゃらに突きまくった。玲奈の体がぐらぐらと揺れた。背中に固まった着物も左右に傾《かし》いだ。

「いく、いくーっ」

玲奈は憚《はばか》りのない声を響かせると、全身で悦《よろこ》びを表した。裸身の震えは、リズミカルだった。

伊沢は放たなかった。潜《くぐ》らせた分身を抜いて、玲奈を突き飛ばした。

玲奈が悲鳴をあげ、畳の上にのめった。

伊沢は玲奈を摑み起こした。坐《すわ》らせる。玲奈は尻をべったりと畳に落として、脚《あし》を八の字に開いた。縛《いまし》めは解かなかった。

伊沢は、蜜液に濡《ぬ》れた男根をくわえさせた。

両手を使えない玲奈はいくらか不自由そうだったが、熱心に舌を使った。技《わざ》があった。玲奈は、男の性感帯を識《し》り抜いていた。伊沢は急速に昂まった。

爆《は》ぜそうになった。頭の芯が熱い。

伊沢は大きく腰を引いた。迸《ほとばし》った精液は、玲奈の顔を直撃した。玲奈が溜息《ためいき》をついた。明らかに、失望の溜息だった。

「遊びは、これでジ・エンドだ」

伊沢は冷たく言い放った。玲奈の顔つきが変わった。

「何をやらせる気なの？」

「電話で、小杉をここに呼びつけるんだ」

「こんな時間に⁉　それに、小杉がどこにいるかわからないわ」

「何カ所か心当たりの場所があるはずだ。数字キーは、おれが押してやる。あんたは奴に『どこかでデジタルカメラを手に入れて、すぐ部屋に来て』って甘く誘うんだ」

「何を考えてるのよっ」

「面白いことさ」

伊沢は、にたついた。

「小杉とわたしに変なことをさせようと考えてるのね？」

「そいつは、後のお楽しみだ」

「冗談じゃないわ。小杉は、まだ舎弟頭よ。三下《さんした》だわ。わたしは尾形組長の情婦《おんな》なのよ！」

「それがどうした？　なんなら、尾形をここに呼んでもいいんだぜ。あんたの姿を見たら、尾形はなんて言うかね」

「汚い奴！」

玲奈が目を攣《つ》り上げて、ぺっと唾《つば》を吐いた。

伊沢は眉ひとつ動かさずに、玲奈の鎖骨あたりを蹴《け》った。玲奈は不様な恰好《かっこう》で後ろに引っくり返った。

伊沢は口を歪《ゆが》めて、スラックスの前を整えた。

2

午前三時を回っていた。

尾形組の舎弟頭に連絡がついたのは、一時間ほど前だった。小杉は歌舞伎町《かぶきちょう》の雀《ジャン》荘《そう》にいた。

そろそろ現われるころだろう。

伊沢はダブルベッドから立ち上がった。

ベッドの上には、全裸の玲奈がいる。彼女は俯《うつぶ》せの姿勢で、体を海老《えび》のように反らしていた。少し前に、伊沢は玲奈の手足を一つに縛ったのだ。口には、白足袋を突っ込んであった。

「小杉のお迎えに行ってくる」

伊沢は玲奈の裸の尻を軽く叩《たた》いて、大股《おおまた》で寝室を出た。

居間を覗くと、ゴルフバッグが目に留《と》まった。

伊沢は、アイアンを一本引き抜いた。女性用のクラブだった。それを手にして、玄関ホールに向かう。伊沢は照明を落とし、壁の陰に身を隠した。

五分ほど過ぎると、インターフォンが鳴った。

すぐにドア・ノブを回す音が響いてきた。シリンダー錠は掛かっていない。

伊沢は息を詰めた。いくらか動悸《どうき》が速まっていた。

「姐《あね》さん、お邪魔しますよ」

ドアが開き、男の弾んだ声がした。すぐに気忙《きぜわ》しく靴を脱ぐ気配が伝わってきた。

伊沢は、ゴルフクラブをほぼ垂直に構えた。

頭の上だった。剃髪頭《スキンヘッド》の男のシルエットが視界に入った。

伊沢は玄関ホールの明かりを点《つ》けた。小杉は目が眩《くら》んだらしく、棒立ちになった。

「待ってたぜ、小杉！」

伊沢は声をかけた。

小杉が、ぎょっとした顔になった。手から紙袋が落ちた。床が硬い音を立てる。

伊沢はアイアンを振り下ろした。

空気が鳴った。クラブのヘッドが相手の肩に当たった。

小杉が呻いて、わずかに腰を沈めた。

伊沢は、クラブで小杉の胴を薙《な》ぎ払った。小杉の体が傾いた。よろけながらも、小杉はベルトのあたりを探った。

——ドスを抜くつもりだな。

伊沢は狙《ねら》いをすませて、小手打ちをくれた。的は外《はず》さなかった。肉と骨が軋《きし》みをあげた。小杉は野太く唸って、屈《かが》み込んだ。その背中に、伊沢はアイアンを叩きつけた。クラブのヘッドが大きく弾む。

「ふざけやがって」

小杉が顔を上げた。声は弱々しかった。

「刃物《ヤッパ》を呑《の》んでるなっ。おとなしく出さないと、頭を叩き割るぜ」

「くそったれめ」

小杉が懐を探って、白鞘《しらさや》の短刀を玄関マットの上に投げ落とした。

伊沢は匕首《あいくち》を足で踏みつけ、小杉を摑み起こした。上着のポケットを検《しら》べる。拳銃《けんじゅう》は持っていなかった。

「デジカメは持ってきたか？」

伊沢は訊いた。

「紙袋ん中だよ」

「ご苦労だったな。礼を言うぜ」

伊沢は小杉の眉間《みけん》に頭突きを浴びせ、さらに股間《こかん》を膝で蹴《け》り上げた。小杉が膝から落ちた。

すかさず伊沢は、相手の厚い胸板を蹴りつけた。

小杉が後ろに倒れた。伊沢は素早く白鞘を拾い上げて、ベルトの下に差し込んだ。

そのとき、小杉が起き上がろうとした。

伊沢は、アイアンで相手の顔面を突いた。

いやな音がした。どうやら鼻の軟骨が砕けたらしい。

小杉がのけ反って、壁に背中を打ち当てた。そのまま、ずるずると床までずり落ちた。

伊沢はスリッパの先で数度、小杉の顔を蹴った。

鮮血がしぶいた。鼻血だった。

「紙袋を口にくわえろ」

「そんなこと、できるけえ」

小杉が息巻いた。

伊沢は無言で、またもや相手の顔面を蹴った。小杉がむせて、口から何か吐き出した。

血塗《まみ》れの前歯だった。一本ではなく、二本だった。小杉の口から、血の混じった涎《よだれ》が垂れ落ちた。

「四つん這いになって、紙袋をくわえるんだっ」

伊沢は鋭く命令した。小杉は従順になった。

まるで犬だった。伊沢は、ゴルフクラブで小杉の尻を叩いた。

剃髪頭《スキンヘッド》の男は苦しげに呻きながら、這い進みはじめた。寝室にたどり着くまで、小杉は何度も血を吐き散らした。

「立ってもいいよ」

寝室に入ると、伊沢は言った。

小杉がのろのろと起き上がって、驚きの声をあげた。

「ママ！」

「組長の愛人のヌードを拝《おが》んだ感想を聞かせてくれ」

伊沢は口を歪めた。

小杉が逆上し、右腕を翻《ひるがえ》した。伊沢は相手のフックを腕で払い、ゴルフクラブの柄で胃を突いた。深く埋まった。

「ぐえっ」

小杉が体を二つに折った。

その背中に、伊沢はエルボーを叩きつけた。剃髪頭《スキンヘッド》の男がライトブラウンのカーペットに転がった。血糊《ちのり》がカーペットを汚した。

伊沢は足で小杉を仰向けにさせ、アイアンで右の向こう臑《ずね》を撲《う》った。骨の潰《つぶ》れる音が鈍く響く。小杉は転げ回って、太い唸りを轟《とどろ》かせた。伊沢は低く命じた。

「小杉、おまえも裸になるんだ」

「な、何させるんだよ⁉」

小杉が怯《おび》えた声で言った。

伊沢はゴルフクラブを遠くに投げ、腰から白鞘を抜いた。鞘を払って、小杉のそばに屈み込む。

「耳を削《そ》ぎ落としてやろうか」

「脱ぐよ、いま」

小杉が顔を引き攣《つ》らせ、着ている物を脱ぎはじめた。寝たままだった。

伊沢は腰を上げた。

小杉が全裸になった。伊沢はベッドに歩み寄って、匕首で玲奈の縛《いまし》めを断《た》った。口の白足袋も取り除いてやる。

「ベッドを降りて、小杉の顔の上に跨《また》がれ！」

「いやよ、そんなこと」

玲奈が首を横に振った。

伊沢は玲奈の腕を摑んで、匕首を股ぐらに差し込んだ。刃が上だった。

「やらなきゃ、あんたの花びらを一枚ずつ削ぐぞ。おれは本気だからな」

「わかったわよ」

「よし」

伊沢は手を引っ込めた。玲奈がベッドを降りる。その顔は強張《こわば》っていた。

「姐さん、来ないでくれ。やめてくれよ」

小杉が喚《わめ》いた。

伊沢は屈んで、小杉の縮かんだ性器を短刀の峰で叩いた。小杉は黙った。

玲奈が跨った。少しも、ためらいは見せなかった。小杉の顔の上で、ローズピンクの合わせ目が大きく綻《ほころ》んだ。

「ほら、しっかり舐《な》めてやれ」

伊沢は、小杉の下腹に匕首の刃を押し当てた。

玲奈が腰を落とす。小杉の鼻が繁みに隠れた。

「ママ、仕方ねえよな」

小杉は言い訳すると、小陰唇を舌で嬲《なぶ》りだした。

玲奈のはざまが、小杉の血で赤く染まった。小杉が喉を鳴らしながら、二枚の花弁を吸い込んだ。

やがて、玲奈の体が反応しはじめた。いつの間にか、彼女は腰を前後に動かしていた。喘《あえ》ぎ声も高くなった。

伊沢は、床から血の付着した紙袋を拾い上げた。デジタルカメラを取り出す。メモリースティックは入っていた。

伊沢はデジタルカメラを構えた。

二人の姿がフレームに入った。伊沢はシャッターを押した。

すると、玲奈が口を開いた。

「お願い、写真は撮らないで」

「記念写真さ。いいから、そのまま、そのまま！　いい写真を撮ってやるよ」

伊沢は取り合わなかった。

玲奈が絶望的な表情になった。

「よし、交代だ」

伊沢は二人の役割を替えた。

玲奈が小杉の股の間にうずくまって、ペニスの根元を摑んだ。小杉の欲望は半分ほどめざめていた。

玲奈は五、六度しごき立てると、小杉の男根をくわえ込んだ。

伊沢は、またシャッターを押した。玲奈は閉じた瞼を開けなかった。

「もうどうなってもいいや」

小杉が捨て鉢に言って、急に腰を迫《せ》り上げた。その顔は、血と女の粘液でてらてらと光っていた。

伊沢は玲奈の髪の毛を摑んで、小杉の股間から引き剝がした。小杉の男根は隆々とそそり立ち、脈打っていた。

「組長の女にしゃぶらせるとは、おまえもいい根性してるな」

伊沢は鼻先で笑い、いきなり昂まりにライターの炎を近づけた。小杉が凄まじい声を放った。瞬《またた》く間に、彼の欲望は萎《しぼ》んだ。

「また、大きくしてやれよ」

伊沢は玲奈に言った。玲奈は、素直にしゃぶりついた。

小杉の体が膨らむたびに、伊沢は玲奈の顔を引き離した。そして、小杉の分身をデジタルカメラの角で叩いたり、匕首の刃を押し当てたりした。

それに飽《あ》きると、伊沢は二人を対面座位で交わらせた。小杉の太腿の上に、玲奈を跨らせたのだ。

「抱き合って、キスしろ」

伊沢は二人に命じて、デジタルカメラを構えた。

玲奈と小杉の顔が重なった。二人は唇を貪《むさぼ》り合った。伊沢はシャッターを切った。少し後ろに退《さ》がって、次に全体像を捉《とら》えた。

「あんたがいると、気が散っていけねえや。ちょっとの間、消えてくれねえか」

くちづけを中断させ、小杉が言った。

「いい気になるな！」

「でもよう」

「好きなようにやれよ。どうせおまえは、もう組には戻れないんだ」

「てめえ、おれを警察《サツ》に突き出す気なんだなっ」

「いまごろ気づいたのか。とろい野郎だ」

伊沢は嘲《あざけ》って、小杉の肩を蹴った。

小杉と玲奈は抱き合ったまま、横に転がった。二人の体は離れていた。伊沢は冷笑した。

「そんなことさせるけえ」

小杉が喚《わめ》き、這って突進してきた。

まるで傷ついた闘牛だった。目が暗く燃えていた。

伊沢は横に跳《と》んで、小杉の喉笛を蹴った。スリッパの先が深くめり込んだ。小杉が、がくりと前のめりに倒れた。

伊沢は、小杉のこめかみにキックを浴びせた。

小杉は唸って、そのまま動かなくなった。失神したようだ。白目を剝《む》いている。

「あんたをどうするかは、尾形が決めるだろう」

伊沢は、床に坐り込んでいる玲奈に声をかけた。すると、玲奈が縋《すが》るように言った。

「メモリースティックを譲って。いくらでも払うわ」

「尾形がそんなに怕《こわ》いのか？」

「怕いわ、あの人はすぐにカッとなる性格だから。あんたが持ってるデジカメの画像を見たら、きっと尾形はわたしを殺すわ」

「殺されても仕方がないんじゃないのか。あんたは、尾形を裏切ったわけだからな」

「あんたが裏切らせたんでしょうが！」

「きっかけはともかく、結果的には裏切ったことになる」

「そのことで言い争っても仕方ないわ。それより、メモリースティックを譲ってちょうだい。百万で、どう？」

「たとえ一千万円積まれたって、メモリースティックは売らない。ただし、条件次第では、きょうのことは尾形に黙っててやる。もちろん、写真も見せない」

「条件って、何なの？」

「尾形の背後にいる人間をうまく探《さぐ》り出してくれ。それに成功したら、写真は只《ただ》でやってもいいよ」

「難しい註文《ちゆうもん》だけど、やってみるわ」

「それじゃ、なるべく早く黒幕のことを調べてくれ。近々、おれのほうから連絡する」

「だったら、お店に電話して。ここには、尾形が不意にやって来たりするから」

「わかった、そうしよう」

伊沢はデジタルカメラを革《レザー》ブルゾンのポケットに捩《ね》じ込《こ》んで、その場に屈んだ。ヒ首の切っ先で二、三度、小杉の背中をつついた。小杉が息を吹き返した。

「おい、服を着ろ。警察まで、おれがエスコートしてやろう」

伊沢は言った。

「頼む、見逃してくれ！　それなりの礼はするよ」

「往生際《おうじようぎわ》の悪い奴だ。おまえは、二人も人間を殺してる。少しは刑務所《ムシヨ》で反省しろっ」

「ちくしょう！」

小杉がやけっぱちに叫び、緩慢《かんまん》な動作で衣服をまといはじめた。

ややあって、玲奈が小杉に言った。

「あんた、ひとりで罪を被《かぶ》るんだよ。わたしや組のことを喋ったら、あんた、刑務所で殺されるよ」

「わかってらあ」

小杉は苛立《いらだ》たしげに吼《ほ》えた。

伊沢は薄く笑って、ベッドに腰を下ろした。

ほどなく小杉が身繕《みづくろ》いを終えた。伊沢は玲奈の腰紐で、小杉の両手を縛った。小杉はまともに歩けなかったが、一応、反撃されることを警戒したのだ。

伊沢は小杉を匕首で威嚇《いかく》しながら、玲奈の部屋を出た。玲奈は裸のままで床に坐り込み、放心したように動かなかった。

「おまえ、警察でおれに歯を折られたことを喋ってもいいぞ。傷害罪ぐらいは覚悟してたんでな」

エレベーターの中で、伊沢は小杉に言った。すぐに小杉が口を開いた。

「堅気《ネス》にやられたなんて、みっともなくて言えねえよ」

「それもそうだな。ところで、村瀬はいったい尾形組の何を摑んだんだ？　おまえら、覚醒剤《シャブ》の取引現場を押さえられたんだろ？」

「知らねえよ。おれは、ただ代貸《だいがし》の秋月さんに言われて、村瀬って奴を殺《や》ったんだ」

「空とぼけてると、もっと痛めつけるぜ」

伊沢は、匕首を小杉の脇腹《わきばら》に突きつけた。

「ほんとだよ。おれたちは、兄貴の命令には絶対に背《そむ》けねえんだ。だから、誰かの命《タマ》を奪《と》れって言われりゃ、その通りにしなきゃならねえ」

小杉は怒ったように言った。愚かな自分に腹を立てているのかもしれなかった。

函《ケージ》が停《と》まった。

一階だった。伊沢は、小杉を引きずり下ろした。小杉の歩みはのろかった。痛めた臑を庇《かば》っているせいだろう。時々、小杉は片足で跳《は》ね進んだ。

表に出る。

東の空が、ほんのひと刷《は》けだけ明るんでいた。その部分は、菫色《すみれいろ》と緋色《ひいろ》が混ざり合っていた。美しかった。どこか幻想的でさえあった。

——小杉をベンツの助手席に坐らせるのは危険だな。隙《すき》を衝《つ》かれて、逃げられる恐れがある。大事をとってタクシーを使おう。

伊沢は小杉の背中を押して、青梅街道に足を向けた。

朝まだきの街は、ひっそりと静まり返っている。人っ子ひとり通らない。野良犬の姿もなかった。

百数十メートル歩いたときだった。

背後で、高いエンジン音がした。伊沢は反射的に振り返った。すぐ近くまで、濃紺の乗用車が迫っていた。

無灯火だった。ドライバーの顔は、よく見えない。

「危ない！」

伊沢は叫んで、小杉の腕に手を伸ばした。

手は空《くう》を摑んだだけだった。衝撃音が耳を撲《う》つ。

小杉は短い悲鳴とともに、宙高く舞い上げられた。怪しい車は停まらなかった。一段とスピードを上げた。

小杉が七、八メートル先の路面にどさりと落ちた。それきり動かない。

伊沢は走り寄った。

小杉は俯《うつぶ》せに倒れていた。首が奇妙な形に捩《ね》じくれている。頸骨が折れ曲がってしまったらしい。

「おい、しっかりしろ！」

伊沢は、剃髪頭《スキンヘッド》の男の左手首を取った。

体温は伝わってきたが、脈動は熄《や》んでいた。小杉の頭から、ポスターカラーのような血糊《ちのり》が勢いよく噴き上げはじめた。側頭部はぱっくりと割れていた。

伊沢は振り向いた。

小杉を撥《は》ねた車は、どこにも見当たらない。

車のナンバーを読み取る余裕さえなかった。まさに一瞬の出来事だった。

——これは、単なる轢《ひ》き逃げ事件なんかじゃないな。車は最初っから、ヘッドライトを点けてなかった。仲間の組員が小杉の口を封じたにちがいない。

伊沢はそう思いながら、小杉の体を仰向けにした。小杉の縛《いまし》めを匕首で断ってやった。

――手なんか縛るんじゃなかったな。そうすれば、こいつもうまく車を躱《かわ》せたかもしれない。悪党だが、こういう死なせ方は後味がよくない。せっかく村瀬を殺した犯人を追いつめたのに。それに、これでおれは身の潔白を晴らせなくなってしまった。

伊沢はしゃがみ込んだまま、じっと動かなかった。

アスファルトの血溜《ちだ》まりがゆっくりと拡《ひろ》がりはじめた。

――玲奈が尾形組の者に電話したんだろうか。いや、それは時間的に無理だ。おそらく敵の誰かが、おれを張ってたんだろう。しかし、妙だな。そいつは、なぜ玲奈の部屋に踏み込んでこなかったんだろう？　わからない。いったい何がどうなってるんだ⁉

伊沢は、迷路に入り込んでしまったような心持ちだった。

3

「村瀬を殺《や》ったのは、尾形組の舎弟頭を務めてた小杉って男だったよ」

伊沢は滝口の顔を見るなり、開口一番に言った。

小杉が死んだ日の夕方である。『オアシス』の店内だ。

「そいつ、おまえが見たというスキンヘッドの男か？」

「ああ。ちょっと、これを見てくれ」

伊沢は、数枚の写真をカウンターの上に並べた。昨夜、玲奈の部屋でデジタルカメラで撮った写真だった。

「この女は、『麗女館』のママじゃないか」

滝口が写真を覗《のぞ》き込んで、驚きの声をあげた。

「相手の男が小杉だよ」

「この二人は愛人関係だったのか⁉」

「いや、そうじゃない。これはおれが二人にセックスさせて、写したものなんだ。笹森玲奈の弱みを押さえる目的で、無理矢理二人にこんなことをさせたんだよ」

「伊沢、どういうことなんだ？」

「玲奈は、関東桜仁会尾形組の組長の情婦《おんな》だったんだよ。組長は尾形耕次っていうんだ」

「あのママは、尾形組の組長の愛人《レコ》だったのか。おまえ、どうやって調べたんだ？」

「玲奈を締め上げて、吐かせたのさ。昨夜《ゆうべ》は、嬉《うれ》しい偶然が重なってな」

伊沢は、張り込みを開始してからの出来事をつぶさに話した。口を結ぶと、滝口が言った。

「それは大変な収穫だったじゃないか。しかし、せっかく小杉を取っ捕まえたのに、残念な結果になっちゃったな」

「ああ、悔しいよ。だが、小杉は単なる殺し屋にすぎなかった。本当の悪党は、尾形組長や尾形を操ってる人間だよ」

「そうだな、確かに。そいつらを闇《やみ》の奥から引きずり出さないことには、村瀬の死は犬死にと同じだもんな」

「そうだな。おれは、とことん闘うぜ」

「こうなったら、おれだって後には退《ひ》けない。玲奈が尾形からうまく黒幕のことを探《さぐ》り出してくれると、ありがたいな」

「おれもそれを期待してるんだが、何も得られないかもしれない。尾形がどういう奴か知らないが、そう簡単には女の浅知恵には引っかからないだろう」

「そうかな。おれ、尾形のことなら、少し知ってる。といっても、面識はないんだ。ただ、同業者から噂《うわさ》は聞いてる」

「尾形っていうのは、そもそも何者なんだ？」

伊沢はラークマイルドに火を点けて、隣に坐った滝口に訊いた。

「噂によると、尾形は倒産会社を喰《く》いものにしてる悪質な整理屋だったらしいんだ」

「暴力と脅しで巧みに債権者会議の主導権を握って、甘い汁を吸う仕事だな？」

「そう。連中はこっそり債務者の個人資産を毟《むし》り取ったり、債権者の取り立てをやって手数料をせしめたりしているようだな」

「屑《くず》だな、人間の」

「ああ。尾形はそういうダーティーな仕事で、組織の基盤を作ったって話だよ」

「そうか。尾形組の組員は、どのくらいいるんだ？」

「準構成員を入れると、三百人近くいるんじゃないかな。金融業、風俗営業、リース業が一応、表向きの仕事になってるが、裏ではかなり危《ヤバ》いことをやってるはずだよ」

滝口が言った。

「だろうな。組長は、いくつぐらいなんだ？」

「確か、まだ四十代だよ」

「なかなかの遣《や》り手みたいだな。しかし、おっかない親分だって、所詮《しょせん》は人の子だ。必ずどっかに泣きどころがある。そこを攻めれば、案外、脆《もろ》いんじゃないか？」

「伊沢、まさか独りで尾形と対決する気じゃないだろうな？」

「玲奈からいい情報を得られなかった場合は、直《じか》に尾形を揺さぶるしか手がないじゃないか」

「それじゃ、命を捨てに行くようなもんだ。あれだけの組の組長ともなれば、四六時中、ボディーガードが張りついてるぜ」

「それでも根気よくマークしてれば、きっと隙が見つかるさ。それに尾形だって、家族とか愛人とかには弱いだろうからな」

「奥さんとひとり娘を大事にしてるって話は、どこかで小耳に挟んだことがあるが……」

「いよいよとなったら、どっちかを誘拐して、尾形を誘《おび》き出すよ」

「伊沢、そこまでやるつもりなのか⁉」

「ああ」

伊沢は大きくうなずいた。

「おまえまで殺されたら、おれはどうすればいいんだ。やるときは、おれにも必ず声をかけてくれ。おまえひとりを死なせやしない」

「そのときがきたら、相談するよ」

「そうしてくれ。おっと、肝心のことを言い忘れてた」

滝口が自分の額を叩いた。

「肝心なことって？」

「きのうの晩、四谷署の刑事たちがここに来たんだよ。それで、おまえのことをしつこく訊きやがったんだ」

「とうとう来たか」

「うまくごまかしといたが、あの感じだと、また来そうだな」

「それじゃ、きょうから塒《ねぐら》を変えることにしよう」

「東中野のおれのマンションに来ないか？」

「いや、おまえんとこは危険だな。おそらく、刑事が近くで張り込んでるだろう」

「小杉って野郎が生きてりゃ、いまごろはおまえも大手を振って街を歩けたのにな」

「これも運命だと諦《あきら》めるよ」

「伊沢、どこか転がり込めそうな所はあるのか？」

「知り合いの女のとこにでも転がり込むさ」

伊沢は喋りながら、女友達の朝比奈まゆみを思い浮かべていた。

「そうか。力になれなくて、すまない」

「おまえには、もう充分に世話になった。例のジュラルミンケースのことなんだが、折をみて、新宿駅のコインロッカーに移しといてくれないか」

「わかった。あんな重い物を持ち歩くわけにはいかないもんな。着る物、適当に持ってっていいからな」

「助かるよ。それじゃ、おれは荷物をまとめてくる」

伊沢はスツールから降り、屋根裏部屋に上がった。差し当たって必要なものだけを紙の手提げ袋に詰め込んだ。たいした量ではなかった。

ほどなく伊沢は、『オアシス』を出た。

まだ夕闇は淡かった。歩きだして間もなく、伊沢は背中に他人の視線を感じた。

素早く振り返ってみたが、人影はなかった。どうやら気のせいらしい。

伊沢は、滝口が使っている月極《つきぎめ》駐車場に足を向けた。もうしばらく、滝口のベンツを借りるつもりだ。

職安通りから脇道に足を踏み入れたときだった。

伊沢は、またしても他人の視線を感じた。首筋から背中にかけて、何か粘ったものが貼りついている。火照《ほて》るような感覚もあった。

——やっぱり、誰かに尾《つ》けられてる。

伊沢は足を速めた。

わざと駐車場を通りすぎる。頃合を見計らって、伊沢は手提げ袋を抱えて走りだした。走りながら、振り返った。背広姿の男たちが追ってくる。二人だった。

どちらも、やくざには見えない。四谷署の刑事だろう。伊沢は路地に駆け込んだ。

「伊沢、待てーっ！　警察の者だ」

後ろで、男のひとりが叫んだ。

伊沢は無視して、速度を上げた。路地を何度か折れ、区役所通りに出た。雑沓《ざっとう》を縫いながら、靖国通りに向かう。

伊沢は振り向きたい衝動を抑えながら、ひた走った。通行人と幾度もぶつかった。だが、いちいち謝っている余裕はなかった。

右手に、新宿区役所が見えてきた。

その斜め前に飲食街がある。新宿ゴールデン街だ。伊沢は、そこに逃げ込んだ。

わずか数坪の小さなバーや居酒屋が、ひしめき合うように軒を接している。路地だらけだった。しかも複雑に入り組んでいる。尾行を撒《ま》くには、もってこいの場所だった。

伊沢は、路地から路地を駆け巡った。

いつしか追っ手の靴音は聞こえなくなっていた。路地裏で少し時間を稼いでから、伊沢は遊歩道に出た。刑事たちの姿はなかった。

駐車場で待ち伏せる気になったのだろうか。まゆみのアパートには、タクシーで行くことにした。

ゴールデン街に通じる遊歩道をたどって、伊沢は靖国通りに出た。

車道に寄って、目で空車を探しはじめた。

その直後だった。不意に肩を叩かれた。一瞬、心臓がすぼまった。

伊沢は体を反転させた。

刑事たちではなかった。村瀬のライター仲間が立っていた。仮通夜のときに、言葉を交わした四十年配の男である。

伊沢はほっとして、相手に話しかけた。

「村瀬の仮通夜のときは、どうも……」

「いいえ。あなたは、確か伊沢さんとおっしゃるんでしたよね？」

「そうです。あなたは、えーと？」

「轟《とどろき》一行《いっこう》です。あれから、ぼくたちは村瀬君が何を追ってたのか、調べてみたんですよ」

「その話、ぜひ、うかがいたいな。立ち話もなんですから、そのへんでコーヒーでもいかがです？」

伊沢は、轟というフリーライターを近くの喫茶店に導いた。

奥のテーブル席で向かい合うと、轟が先に口を切った。

「われわれも仕事柄、村瀬君の死には無関心じゃいられないんで、少し調べてみたんですよ」

「村瀬は、どんな事件を追ってたんです？」

伊沢が問いかけたとき、ウェイトレスが註文を取りにきた。どちらもブレンドコーヒーを頼んだ。

ウェイトレスが遠ざかると、轟が低い声で喋りはじめた。

「村瀬君は、ほぼ二年前から中部新国際空港計画に絡む利権屋の動きを密《ひそ》かに調べてたようなんです」

「どうして、そのことがわかったんです？」

「彼は、われわれが溜まり場にしてる飯田橋《いいだばし》の居酒屋の女将《おかみ》にそのことを洩らしてたらしいんですよ」

「そうですか」

「ご存じだとは思いますけど、二〇〇五年に伊勢湾の常滑《とこなめ》沖に中部新国際空港ができました」

「ええ、そうですね。新空港建設計画が反対運動なんかでゴタゴタしてたのは、ぼくも知ってますよ」

「そうでしょうね。なにしろ計画そのもののスケールが大きくて、かなり話題になりましたからねえ」

「ええ。なんでも常滑沖三キロの海上に八百ヘクタールの人工島を造《つく》って、国内線と国際線を一元化した二十四時間営業のハブ空港を建設したんでしょ？」

「そうです、そうです。総額一兆五千億円の巨大プロジェクトだったらしいですよ。となれば、利権者たちが黙って指をくわえて見てるはずはありません」

轟が講談めいた口調で言った。

「利権争いや工事の受注に伴う汚職なんかは、当然あったんでしょうね」

「ええ。それだけじゃなく、地元対策費を狙った〝にわか地主〟も続出したみたいですよ。空港建設に関係のある海岸線には、立退《たちの》き料目当ての〝一坪地主〟の家や事務所がびっしり立ち並んでたそうです」

「想像つきますよ。利権屋たちは、それこそハイエナと同じですからね」

伊沢は言った。そのとき、コーヒーが運ばれてきた。話が中断する。

ウェイトレスが下がると、轟が口を開いた。

「どうも村瀬君は、おいしい思いをした大物利権屋をマークしてたみたいなんです」

「その大物の名前は？」

「それがわからないんですよ、残念ながらね。村瀬君は、飲み屋の女将にもそれは言わなかったそうです」

「そうですか。名古屋に行って、〝にわか地主〟だった連中のことを調べれば、その人物が浮かび上がってくるかもしれませんね」

「それは、難しいんじゃないかな」

「なぜです？」

伊沢は訊いた。

「利権屋たちは狡賢《ずるがしこ》いんですよ。立退き料をたっぷり取れそうな所をあちこち買い占めてたとしても、土地や家屋の登記面では表に出ないよう細工してたはずです」

「なるほど。手に入れた不動産を自分の名義にしたら、対策費目当ての買い占めだってことがわかっちゃいますもんね」

「そうなんです。だから、たいていの利権屋はさも純粋な気持ちでハブ空港の建設に反対してるんだという顔をしてたんですよ」

「反対運動が強まれば強まるほど、必然的に立退き料もアップしますからね」

「ええ、それが彼らの一番の狙いだったんです。右翼団体を名乗っておきながら、平気で反対派の市民運動グループや新左翼の連中を煽《あお》る奴もいたくらいです」

「へえ」

「これはぼく自身が実際に取材した話ですが、ある原子力発電所の建設予定地で、〝にわか地主〟になった利権右翼が地元反対派のリーダーを金と女で釣って、派手に反対運動をやらせ、莫大《ばくだい》な立退き料をせしめたという例もあります」

「凄《すさ》まじい欲だな、そうなると」

「まったくですね」

轟が相槌《あいづち》を打った。

「村瀬が追ってた大物利権屋も、それと似たようなことをしてたのかもしれないな」

「充分に考えられますね、そういうことは。村瀬君は正義感の強い男だったから、その大物利権屋をペンで告発することを考えてたんじゃないでしょうか。それで、彼は殺されることになったんじゃないのかな？」

「わたしも轟さんの話を聞いて、そんな気がしてきました」

「今後も、われわれは調査をつづけるつもりです」

「ひとつよろしくお願いします。参考までに教えてもらいたいんですが、飯田橋のお店はなんというんです？」

「店の名前は『ひふみ』です。ホテル・グランドパレスの裏手にある小さな一杯飲み屋ですよ」

「そうですか」

「時間があったら、お連れしてもいいんだが、あいにくこれから取材がありましてね」

「いや、お気遣いなく。参考になる話を聞かせていただいて、ありがとうございました」

伊沢は伝票を抓み上げた。

4

みすぼらしい店だった。

海老茶《えびちゃ》の暖簾《のれん》に染め抜かれた〈ひふみ〉という白文字が、煤《すす》けて黒ずんでいる。間口も狭い。伊沢は、滑りの悪い引き戸を開けた。

「いらっしゃい」

太った初老の女が気だるそうに言った。ブラウスの上に羽織った厚手のカーディガンの袖口《そでぐち》は綻《ほころ》びていた。

カウンターだけしかなかった。客の姿はない。

「ビールをください」

伊沢は、木の円椅子《まるいす》に腰かけた。

女将《おかみ》らしい女が無言で、突き出しの小鉢とコップを伊沢の前に置いた。小鉢には、ひじきの煮つけが入っていた。

「おばさんが、ここの女将？」

伊沢は訊いた。

「そうだけど、それが何か？」

「いつも村瀬は、どの場所で飲んでたのかな？」

「あんた、何者なのよ」

女将が露骨に厭《いや》な顔をした。

「別に怪しい者じゃないんだ。おれは村瀬の友人で、伊沢っていう者です。この店のことは、フリーライターの轟さんから教えてもらったんですよ」

「なあんだ、村ちゃんの友達だったのか。はい、ビール！」

女将が表情を和らげ、酌《しゃく》をしてくれた。色気のない注《つ》ぎ方だった。ひと口飲んでから、伊沢は口を開いた。

「村瀬は、中部新国際空港計画に群がった利権屋のことを調べてたらしいですね？」

「そうみたい。村ちゃん、独りでここに来たときは、いつもその話をしてたわ。ほかのお客さんがいるときは、そのことはひと言も喋らなかったけどね」

「村瀬が六本木のホテルで射殺されたことは、ご存じでしょ？」

「もちろん、知ってるわよ。新聞を読んで、腰を抜かしそうになったわ」

「おれ、あいつが殺された事件を調べてるんです」

「あんた、警察関係なの？」

女将の顔つきが変わった。

「いや、テレビ局の下請けプロダクションに勤めてるんだ。村瀬とは学生時代に一緒にラグビーをやってたんですよ」

「そうなの。で、どこまで調べ上げたの？」

「村瀬を撃った男までは突き止めたんだが、そいつも不自然な死に方をしちゃってね」

伊沢は、これまでの経過をかいつまんで話した。

「わたしの勘だと、尾形組と大物利権屋はどこかで繋がってるわね」

「おれもそんな気がしてるんだが、接点というか、その繋がりがよくわからないんだ。大物利権屋のことで、何か村瀬は言ってませんでした？」

「轟ちゃんたちからも同じことを訊かれたんだけどさ、村ちゃん、そいつのことは具体的に言わなかったのよ」

「どんな小さなことでもいいんですがね。何か思い出してもらえると、ありがたいんだがな」

「そう言われてもねえ」

女将が困惑顔になった。

「村瀬の奴、覚醒剤のことで何か言ったことありませんか？」

「覚醒剤⁉」

「そうです。あいつ、かなりの量の覚醒剤とクラックっていう新麻薬を婚約者に預けてたんですよ」

「ああ、高見麻子さんね」

「村瀬は麻子さんをここに連れて来たことがあるんですか？」

「ううん、わたしは名前を知ってるだけ。村ちゃん、酔っ払うと、いつもその娘《こ》のことをのろけてたの」

「村瀬は、彼女にぞっこんだったからな」

「美人なんだってね？」

「ええ、きれいな女性《ひと》ですよ。ところで、覚醒剤のことですが……」

伊沢は話を元に戻した。

「その話は、いま初めて聞いたわ」

「そう」

「村ちゃん、そんな物をどこで手に入れたんだろう？」

「それも謎《なぞ》なんですよ。村瀬は何かの証拠品として、麻薬を横奪《よこど》りしたか、盗んだかしたんだと思います」

「その麻薬、尾形組の物だったんじゃない？」

女将が手を打って、早口で言った。

「なぜ、そう思ったんです？」

「村ちゃんはそれを取引材料にして、尾形組と繋がりのある大物利権屋に会おうと考えてたんじゃないのかしら？」

「おばさん、冴《さ》えてますね。そう考えると、話の辻褄《つじつま》が合ってくるな」

「きっと、そうだわ。だから、村ちゃんは尾形組の組員に撃たれたのよ」

「そうだったのか」

伊沢は膝を打った。そのとき、女将が急に思い出したような口ぶりで喋《しゃべ》った。

「あっ、そうだわ！　村ちゃん、いつだったか、ここで酔っ払って、『福祉施設に寄附なんかして善人ぶってるけど、いまに化けの皮を剝いでやるからな。サディストめ！』って大声で喚《わめ》いたことがあるの」

「それ、利権屋の大物のことなんだろうか」

「確かめたわけじゃないから、何とも言えないわね。でも、ちょうど名古屋から戻ってきた晩だったわ」

「それじゃ、利権屋のことかもしれないな」

伊沢は呟《つぶや》いて、手酌でビールを注いだ。女将が問いかけてきた。

「おでん、食べる？」

「ええ、ください」

「あんた、嫌いなものは？」

「別にありません」

伊沢は勤め先に電話をかけた。名乗って、社長の倉科を呼んでもらう。

少し待つと、倉科の声が響いてきた。

「おまえ、どこにいるんだ？　きょうも四谷署の刑事たちが来たぞ」

「しつこい連中だな。おれは何もやっちゃいないのに」

「こそこそ逃げ回ったりするから、余計に疑われるんだ」

「あと一歩なんです。闇の向こうがだんだん透けてきたんですよ。実はボスに頼みがあって、電話したんですよ」

「どんな頼みなんだ？」

「ボスは、日東テレビの報道部長と親しかったですよね」

「ああ、高校と大学が一緒だったからな」

「その人に、歌舞伎町の尾形組の組長の交友関係を調べてもらってくれませんか」

「伊沢、いいかげんにしろ。安手のサスペンスドラマの主人公にでもなったような気でいるんじゃないのかっ」

「いまは目をつぶって、力を貸してください。組長の名前は尾形耕次です。暴力団関係のつき合いよりも、実業家とか政治家なんかとの繫がりを探って欲しいんです。それから、できたら尾形の経歴や家族関係なんかもね」

「……………」

倉科は沈黙したままだった。

「ボス、お願いします」

「呆《あき》れた奴だ。いまの件は引き受けてやるよ、渋々な」

「よろしく！　近いうちに、また電話します。逃亡中の身で、塒《ねぐら》が定まってないんですよ。それじゃ……」

「待てよ、伊沢！」

「説教なら、そのうちまとめて聞きます」

「そうじゃない。きょうの昼すぎに、高見麻子って女性から電話があったんだ。知り合いなのか？」

「殺された友人のフィアンセだった女性です」

「そうだったのか。なんか急用があるような口ぶりだったぞ」

「会社か、アパートに電話してみます。お願いした件、忘れないでくださいね。それじゃあ、また！」

伊沢はいったん電話を切って、番号案内に麻子の勤務先と自宅の電話番号を問い合わせた。どちらもすぐにわかった。

まず先に、会社に電話をしてみる。

すでに麻子は職場にいなかった。恵比寿のアパートに電話をする。まだ帰っていないらしく、受話器はとられなかった。

――もう少ししてから、掛け直そう。そうだ、まゆみのとこに電話しておこう。

伊沢は思い立って、女友達のマンションに電話をかけた。まゆみは、すぐに電話口に出た。

「今夜から、しばらくきみの部屋に泊めてもらいたいんだ」

「いいわよ。何かあったの？」

「ちょっとな。詳しいことは会ったときに話すよ」

「何時ごろになる、こっちに来るのは？」

「わからないな。ひょっとしたら、これから人に会うことになるかもしれないんでさ」

「そうなの。とにかく、待ってるわ」

「じゃあ、後で」

伊沢はおでんをつつきながら、ビールを飲みつづけた。

麻子に連絡が取れたのは、およそ一時間後だった。

「オフィスに電話くれたんだってね。さっき、ボスから聞いたんだ。事情があって、仕事は休んでるんだよ。何か急用かな？」

「伊沢さん、どこかでお会いできませんか？」

「何があったんだい？」

「わたし、きのう、浩一さんのアパートの荷物を片づけに行ったんです。そのとき、トイレの貯水タンクの中に密封されたビニール袋が入ってるのを偶然発見したんです。急に水の出が悪くなったんで、タンクの蓋《ふた》を開けたら、それがあったの」

「ビニール袋の中に、何か入ってたんだね？」

「はい。ＩＣレコーダーのメモリーが入ってました」

「録音音声、聴いてみた？」

「ええ。二人の男の人が密談してました。片方は政治家で、もう片方はフィクサーみたいな感じだったわ」

「そのメモリーは手許にあるんだね？」

「ええ、この部屋にあります」

「アパートで待っててくれないか。いま、飯田橋にいるんだ。これからすぐにタクシーでそっちに向かうよ」

伊沢は電話を切ると、あたふたと支払いを済ませた。店を出て、表通りまで突っ走る。風が強かった。街路樹が大きく揺れている。

伊沢は数分待っただけで、空車を拾えた。

だが、道路はどこも混《こ》んでいた。恵比寿にある麻子のアパートまで、四十分以上もかかってしまった。タクシーを降りると、伊沢は麻子の部屋に急いだ。ドアをノックしたが、なぜか応答はなかった。

近くのスーパーにでも行ったのか。

伊沢は、部屋の前で待つことにした。しかし、麻子はいっこうに戻ってこない。伊沢は落ち着かない気分で待ちつづけた。

麻子が帰ってきたのは、五時間も過ぎてからだった。

「いったいどういうつもりなんだっ」

伊沢は、無意識に怒鳴りつけていた。

「すみません」

「どこに行ってたんだい？」

「警察です」

麻子が一拍置いてから、か細い声で言った。伊沢は一瞬、自分の耳を疑った。だが、聞き間違いではなかった。

「まさか密談のメモリーを……」

「そうです。伊沢さんにご迷惑をかけてもいけないと思って、わたし、ＩＣレコーダーのメモリーを警察に持って行ったんです」

「なんだって、そんなことをしたんだっ。せっかく大きな手がかりを掴んだと思ったのに」

「ごめんなさい」

麻子は泣きだしそうな顔で謝った。

そのとき、伊沢は麻子の様子がふだんと違っていることに気づいた。化粧が崩れ、衣服が乱れていた。目つきも落ち着かない。

「麻子さん、何か様子が変だな。おれに何か隠してるんじゃないのか？」

「いいえ、別に何も」

「警察って、どこに行ったんだい？」

「警視庁です」

「やっぱり、変だ。何か思いがけないことが起きたんだね？　服が乱れてる」

「すぐそこで、痴漢につきまとわれただけです。わたし、走って逃げ帰ってきたんです」

「きみがそう言い張るなら、そのことはもう訊かないよ。ただ、密談の内容をできるだけ詳しく話して欲しいんだ」

「録音音声のことは、もう警察の方にお任せしましたから」

「麻子さん！」

「申し訳ありませんけど、お帰りになってください。わたし、とっても疲れてるんです。失礼します」

麻子は素早く玄関に身を滑り込ませ、ドアの内錠を掛けた。

「ちょっと待ってくれ」

伊沢は拳《こぶし》でドアを叩いた。

麻子の返事はなかった。

――彼女、何かに怯《おび》えてる感じだ。少なくとも、おれに何か隠そうとしてる。尾形組の奴らが彼女に何かしたんだろうか。

伊沢は歩きだしながら、胸の奥で呟いた。

夜風は一段と強まっていた。くわえた煙草が吹き飛ばされそうだった。

第五章　追跡

1

乳首に、痛みが走った。

伊沢は顔をしかめた。まゆみに嚙《か》まれたのだ。

「どうしたんだ、急に」

伊沢は、自分の胸に顔を埋《うず》めている女友達の顔を指で小突いた。二人とも全裸だった。

世田谷区用賀にある朝比奈まゆみの部屋だ。１ＤＫのマンションだった。

「だって、ちっとも気を入れてくれないんだもの」

「まだ昼間だからな」

「でも、ちゃんと遮光《しゃこう》カーテンを閉めてあるから、部屋の中は夜と同じでしょ？」

「同じってわけにはいかないよ。外の騒音が気になるからな」

「要するに、わたしの体に飽きちゃったのよね」

まゆみが言った。拗《す》ねた口調だった。

「そうじゃないって。実は、ちょっと考えごとをしてたんだ」

「何を考えてたの？」

「村瀬のことだよ」

伊沢はそう答えたが、実際には高見麻子のことを考えていた。昨夜の麻子の様子に引っかかるものを感じていたのである。

「こんなときに、ちょっと失礼じゃない？」

「そうだな、悪かったよ」

「態度が気に入らないから、犯しちゃうぞ！」

まゆみが冗談っぽく言った。伊沢は訊《き》き返した。

「犯す？」

「そう。一度、男の体を弄《もてあそ》んでみたかったの。いい機会だから、犯しちゃおう」

まゆみが陽気に言って、体をずらした。狭いベッドが軋《きし》んだ。

伊沢はペニスを握られた。

まだ欲望はめざめていなかった。まゆみがリズムをつけながら、しごきはじめた。別の手は胡桃《くるみ》に似た部分を揉《も》み立てている。伊沢の体が熱を孕《はら》んだ。

「ようやくおめざめね」

まゆみが嬉《うれ》しそうに言い、唇で伊沢を捉《とら》えた。すぼめた口で、しばらく先端の部分を慈《いつく》しんだ。それから彼女は、縁《ふち》のあたりを舌で削《そ》ぐように舐《な》めはじめた。舌の鳴る音が煽情的《せんじょうてき》だ。伊沢は猛々《たけだけ》しく昂《たか》まった。

ひとりでに彼の手は、まゆみの髪をまさぐっていた。黒々とした頭髪は、絹糸のように細かった。それでいて、こしがある。手触りが優しい。

少し経つと、まゆみが顔を上げた。伊沢は指の動きを止めた。

「駄目よ、髪の毛なんかいじっちゃ」

「え？」

「わたしは男を犯してるのよ。だから、じっとしてて」

まゆみは注文をつけると、ふたたび伊沢の強張《こわば》った分身を含んだ。

伊沢は手を引っ込めた。まゆみの舌の動きは、ふだんよりもどこか大胆だった。情熱的でもあった。

本気でゲームを愉《たの》しんでいるようだ。

五分ほど経過すると、まゆみが伊沢を俯《うつぶ》せにさせた。すぐに彼女は、唇と舌を伊沢の腰や脇腹《わきばら》に這《は》わせはじめた。

快感は湧《わ》いてこなかった。くすぐったいだけだ。

それでも、まゆみは熱心に舐めつづけた。背中のくぼみや肩胛骨《けんこうこつ》も舌でなぞる。伊沢は、されるままになっていた。

やがて、まゆみはまたもや伊沢を仰向《あおむ》けにした。伊沢のペニスは、半ば萎《な》えかけていた。

まゆみは、力を失いかけている伊沢を舌で熱心に刺激しはじめた。彼女の舌は、さまざまに形を変えた。少しずつ力が蘇《よみがえ》ってきた。

何分か経《た》ってから、急にまゆみが立ち上がった。伊沢は問いかけた。

「どうした?」

「おい、男! 少しはサービスしろっ」

まゆみが脚を開いて、自分の股間《こかん》を指で示した。伊沢は笑いながら、言葉を返した。

「これじゃ、SMごっこじゃないか」

「いいから、言われた通りにしなさい。男! おまえは犯されてるんだぞっ」

まゆみが芝居がかった声で言い、手で繁《しげ》みを搔《か》き上げた。ぷっくりとした恥丘が愛らしかった。

伊沢は調子を合わせることにした。

上体を起こして、まゆみの股《また》の間に入り込む。捩《よじ》れた小陰唇は膨らんでいた。それを、伊沢は舌でそよがせはじめた。痼《しこ》った肉の芽にも舌を当てる。

「ああっ」

まゆみが喘《あえ》いで、腰を落としてきた。伊沢は舌技に熱を込めた。

飾り毛が伊沢の頬《ほお》を撫《な》でた。

小陰唇が翻《ひるがえ》った。

淡紅色のくぼみには、潤《うる》みが溜《た》まっていた。それは雫《しずく》となって、伊沢の舌の上に滴《したた》り落ちてきた。蜜液《みつえき》は葉を滑る朝露のように、舌の奥に流れ落ちていった。蜜の味は、いつもよりも濃厚だった。

まゆみが高い声を放った。舌を動かしながら、伊沢は片方の腕でまゆみの張りのある臀部《でんぶ》を抱えた。脂ののった尻の肉は、実によく弾んだ。

伊沢は頃合を見計らって、指の腹でまゆみの会陰部《えいんぶ》をフェザータッチでなぞりはじめた。まゆみの感じやすい部分だった。指をソフトに上下させると、まゆみが喘ぎ声で言った。

「後は、あなたが犯して」

「引き受けた」

伊沢は、いったんベッドから降りた。ベッドはシングルだった。

まゆみが仰向けになった。胸が波打っている。

伊沢は覆い被《かぶ》さって、まゆみの右腕を挙げさせた。二の腕の内側が白く光った。腋《えき》窩《か》には、蒼《あお》い影が宿っている。腋毛《わきげ》の剃《そ》り痕《あと》だ。

伊沢は、そこに口をつけた。

かすかに汗の匂《にお》いがする。甘酸っぱいような匂いだった。不快ではない。欲情を搔き立てられた。

伊沢は、白桃を想《おも》わせる隆起に唇を移した。

乳首を吸いつけながら、もう片方の乳房を揉《も》む。胸の蕾《つぼみ》は硬く張りつめていた。

まゆみが片手で伊沢の髪をまさぐり、片手で肩の筋肉を撫で回しはじめた。いとおしげな手つきだった。吐く息が徐々に荒くなっていく。

乳房をくまなく唾液《だえき》で濡《ぬ》らすと、伊沢は集中的にウエストのくびれを舌で攻めた。そのあたりは、まゆみの性感帯だった。まゆみが啜《すす》り泣くような声をあげて、裸身を妖しくくねらせた。

舌を滑走《かっそう》させながら、伊沢は恥丘に手を進めた。

五指で叢《くさむら》を梳《す》くと、葉擦《はず》れに似た音がたった。潮騒《しおさい》のようにも聞こえた。二本の指で、芽に似た突起を抓《つま》む。それは、強い弾みをたたえていた。

親指でクリトリスを圧《お》し転がしながら、伊沢は二本の指を潜《くぐ》らせた。女の部分は、熱くぬかるんでいた。Gスポットを擦り立てる。圧迫もした。

やがて、まゆみは白い喉《のど》をのけ反らせた。

全身が若竹のように大きく撓《しな》った。震えが起こった。

伊沢は指を引き抜いた。しとどに濡れていた。

すぐに伊沢は、まゆみを横向きにさせた。自分もベッドに横たわり、猛《たけ》った昂まりを埋める。ざわめき立つ襞《ひだ》の波動が体に伝わってきた。

まゆみが尻《しり》を旋回させはじめた。

伊沢は捏《こ》ねくり回された。頭の芯《しん》が煙ったように白く霞《かす》みはじめる。体が熱い。

「あふっ、またよ、また……」

まゆみが上擦《うわず》った声を洩《も》らした。甘やかな声だった。

伊沢は上半身をわずかに浮かせ、勢いよく動きだした。深く突くたびに、脇腹の筋肉が引き攣《つ》れた。

まゆみが愉悦《ゆえつ》の声を轟《とどろ》かせたとき、伊沢は放っていた。射精感は鋭かった。

「よかったよ」

伊沢は体をベッドに戻した。

二人はくの字に重なったまま、余情に身を委《ゆだ》ねた。

伊沢は、間歇的《かんけつてき》な緊縮感を愉しみつづけた。密着感が強い。どこにも隙間《すきま》はなかった。

襞《ひだ》の群れは、まとわりついて離れない。まゆみが息を吸うたびに、伊沢はきつく搾《しぼ》り上げられた。

　二人が離れたときだった。

　部屋の固定電話が鳴った。まゆみがティッシュペーパーの束を股に挟んで、ベッドから降りた。電話機は、彼女の仕事机の上にあった。

「はい、朝比奈です」

　まゆみが取り澄ました声で応じた。

　伊沢は笑いそうになった。まゆみが送話口で手を押さえて、伊沢に声をかけてきた。

「あなたによ」

「誰から？」

「滝口っていう人だけど」

「いま、出る」

　伊沢は跳ね起きて、ベッドを降りた。ベッドに入る前に、彼は携帯電話の電源を切っておいた。それで、滝口は伊沢のいそうな場所に次々に電話をかけたのだろう。

　小豆《あずき》色の受話器を摑《つか》み上げて、伊沢は滝口に言った。

「おれがここにいること、よくわかったな」

「勘を働かせたんだ。局で、電話番号を教えてもらったんだよ。彼女の名前だけはわかってたからな」

「そうか」

「伊沢、大変なことになっちまったんだ。例のケース、盗まれたんだよ。おれが店に来たら、ドアがぶっ壊されてて……」

滝口が経過を喋《しゃべ》った。

「尾形組の仕業《しわざ》だな」

「おそらく、そうなんだろう。おれ、あれを新宿駅のコインロッカーに移そうと思って、早めに店に出てきたんだ。それなのに、こんなことになっちまって」

「仕方ないさ。それに、ほかにも物証になりそうなものがあるんだ」

伊沢は、轟に会ったことと高見麻子の話をした。話し終えると、滝口が訝《いぶか》しそうに言った。

「なんだって麻子さん、大事な録音音声のメモリーを急に警察に届ける気になったのかな？」

「彼女はそう言ってたが、あれは苦し紛《まぎ》れの嘘《うそ》だったんだろう」

「なぜ、嘘をつく必要があるんだ？」

「どうも彼女の様子がおかしいんだ。敵の人間に脅されてるんじゃないかな」

「尾形組の連中に？」

「ああ、多分な」

「その密談のメモリーは、もう敵の手に渡っちまったんだろうか」

「それはわからない。とにかく、おれは彼女を尾行してみようと思ってるんだ。運がよけりゃ、誰かと接触するところを見られるかもしれないからな」

「そうだな」

「滝口、少し気をつけろよ。敵は、すぐ近くでおれたちを見張ってるようだから」

伊沢は言った。

「わかった」

「四谷署の刑事たちは、まだ、そのあたりをうろついてるのか？」

「ああ、張り込んでる。当分、こっちには近づかないほうがいいな」

「そうしよう」

「しばらく、そこにいるんだろ？」

「そのつもりだよ」

「何かあったら、また連絡する」

電話が切れた。

伊沢は受話器を置いた。そのとき、Tシャツにサブリナパンツを身につけた女友達が近づいてきた。

「止めはしないけど、わたしを悲しませないでね」

「いい殺し文句だな」

「でも、安心して。わたし、結婚してくれなんて言わないから」

「いまの台詞《せりふ》も男を泣かせる」

「だったら、一緒に暮らす？」

「話を飛躍させるなよ」

「ほーら、本音が出た。ま、許してあげる。フレンチトーストでも作るから、シャワーを浴びてきたら？」

「そうだな」

伊沢は裸のまま、浴室に足を向けた。

髪と体を洗うと、気分がさっぱりとした。ついでに髭《ひげ》も剃《そ》った。

浴室から出ると、コーヒーの香りが狭いキッチンに漂っていた。コーヒー豆はモカだろう。まゆみは、卵と牛乳に浸《ひた》した食パンをバターで焼いていた。フライパンを操《あやつ》る手つきは、鮮やかなものだった。

伊沢は奥の部屋に入った。

手早く衣服を身につけた。それから伊沢は窓のカーテンを横に払って、ガラステーブルの前に坐《すわ》り込んだ。手首のダイバーズ・ウォッチを見ると、あと数分で午後四時だった。

「はい、できたわよ」

まゆみがコーヒーとフレンチトーストを運んできた。

「そいつを喰《く》ったら、ちょっと出かけてくる」

「そう」

「きみの赤いフィアットを貸してくれないか。運転免許証がないから、レンタカーを借りるわけにもいかないんだ」

「いいわよ。ＢＭＷは新宿に置きっぱなしなの？」

「そうなんだ」

「そう。食べようか」

まゆみが正面に坐った。

二人は、差し向かいでフレンチトーストを食べはじめた。空腹だったからか、伊沢にはうまく感じられた。コーヒーも、まずくはない。

軽食を食べ終えると、伊沢はすぐに立ち上がった。高見麻子の勤務先に行くつもりだった。

2

黄昏《たそがれ》が迫っていた。

もう五時過ぎだった。

伊沢は赤いフィアットの運転席から、太陽物産本社ビルの表玄関に視線を投げていた。ＪＲ神田駅の近くだった。

麻子が社内にいることは、ついさっき電話で確認済みだ。

見通しは悪くなかった。出てくる社員たちの顔が手に取るようにわかる。伊沢は喫《す》いさしのラークマイルドの火を灰皿で揉み消した。

その直後だった。

麻子が現われた。黒地に白の水玉模様のワンピースに身を包んでいる。ひとりだった。麻子は神田駅に足を向けた。

――電車に乗るんだな。仕方ない、車はここに置いていこう。

伊沢はエンジンキーを抜きかけた。

そのとき、急に麻子が立ち止まった。踵《きびす》を返して、須田町《すだちょう》方向に歩きはじめた。

伊沢は車で慎重に麻子を尾《つ》けはじめた。

交差点に出ると、麻子は通りかかったタクシーを停《と》めた。

タクシーは神保町《じんぼうちょう》方向に走りだした。伊沢は追った。フィアットの運転席は少し窮屈《きゅうくつ》だったが、小回りが利く。都内を走るには、むしろ都合がよかった。

麻子を乗せたタクシーは靖国神社《やすくにじんじゃ》の横で内堀通りに入り、半蔵門を右に折れた。新宿通りである。タクシーは直進し、甲州街道に出た。伊沢は追尾しつづけた。

やがて、タクシーが停まった。

高層ホテルの前だった。新宿中央公園の近くだ。麻子がタクシーを降りた。

伊沢はフィアットを停めて、外に出た。サングラスをかけ、小走りに麻子を追った。

麻子はホテルの広いロビーに入ると、左右を見回した。誰かと待ち合わせをしているらしい。相手は、まだ来ていないようだ。

麻子がロビーのソファに浅く腰を下ろした。

素振りが落ち着かない。何か迷っているような風情《ふぜい》だった。

伊沢は駆け寄りたい気分になった。

だが、いま姿を見せるわけにはいかない。物陰にたたずんだまま、伊沢は動かなかった。

数分後、麻子が立ち上がった。

彼女の視線の先には、痩《や》せた男がいた。色が浅黒かった。その横顔を見て、伊沢は口の中で短く呻《うめ》いた。

男は、理沙のマンションの地下駐車場で襲ってきた二人組の片割れだった。縞模様《しまもよう》の派手なジャケットをだらしなく着込んでいる。

男に促《うなが》されて、麻子がハンドバッグを開けた。彼女は小さな紙袋を取り出した。

ＩＣレコーダーのメモリーかもしれない。

伊沢は、そう思った。

男が麻子の手から紙袋を奪い取った。麻子が何か言った。抗議しているように見えた。痩せた男がなだめるように何か言い、麻子の肩に腕を回した。麻子が身を捩《よじ》って、男の手を振り払った。

にわかに、男の表情が険《けわ》しくなった。麻子はうつむいた。

男は先に歩きだした。腹を立てたようだ。短くためらってから、麻子が男に追い縋《すが》った。男は大股でエレベーター乗り場に向かった。

伊沢は二人の後を追った。

ホールには、十数人の男女がいた。男と麻子は人々とともに、エレベーターに乗り込んだ。

次のエレベーターを待っていたら、二人を見失いかねない。

伊沢は覚悟を決めて、後ろ向きに乗り込んだ。函《ケージ》が上昇しはじめる。

麻子が男に引きずり下ろされたのは、十三階だった。

二人のほかは誰も降りない。伊沢は扉が閉まる寸前にエレベーターから出た。

長い廊下の中ほどで、麻子が足を止めた。

「わたし、ここで待ってます。早く約束の物を渡してください」

「おかしなことはしねえよ。あれは部屋で渡す。な、行こう」

男が麻子を促《うなが》した。

麻子は渋々、足を踏みだした。二人は十メートルほど進み、部屋に入った。一三一五号室だった。すぐにドアが閉められた。

伊沢は、その部屋まで走った。

ドアの前で立ち止まったとき、室内から麻子の悲鳴が聞こえた。

男がいきなり麻子に抱きついたようだ。

伊沢は、ベルトに挟んだ匕首《あいくち》を抜き取った。尾形組の小杉から奪った白鞘《しらさや》だ。血と脂《あぶら》で、鞘はだいぶ汚れている。

「いやーっ、やめて！」

「もう一回だけやらせろよ」

二人の争う声が響いてきた。

伊沢は烈《はげ》しくノックした。室内の物音が熄《や》んだ。伊沢はドア越しに声をかけた。

「ホテルの者ですが、お部屋の火災用のスプリンクラーを点検させてください」

「後にしてくれ。いま、取り込み中なんだ」

男が答えた。その直後、麻子のくぐもった呻き声がした。どうやら男は、麻子の口を手で塞《ふさ》いでいるらしい。

「お客さん、ドアを開けてください」

「うるせえ野郎だな。待ってろ。いま、開けるよ」

「申し訳ありません」

伊沢は言いながら、匕首の鞘を払った。鞘はベルトの下に差し込んだ。サングラスを外す。

部屋のドアが細く開けられた。

伊沢はドアを肩で弾《はじ》いて、一三一五号室に躍《おど》り込んだ。

「おっ、てめえは！」

男が棒立ちになった。伊沢は相手の胸倉を摑んで、匕首を突きつけた。そうしながら、足でドアを閉める。

「伊沢さん！」

麻子が安堵した表情で言い、慌《あわ》てて乱れた髪を撫でつけた。部屋には、男の仲間たちはいなかった。

「受け取った物を出せ！」

伊沢は、瘦《や》せた男に言った。男が空とぼけた。

「なんのことだよ」

「しらばっくれるつもりかっ」

伊沢は言いざま、男の顎《あご》を浅く斬《き》りつけた。血が湧いた。男が苦痛に顔を歪《ゆが》める。

「麻子さん、こいつのポケットを探《さぐ》ってくれ」

「はい」

麻子が駆け寄ってきて、男の上着のポケットに手を突っ込んだ。そのとき、男が麻子を蹴《け》飛《と》ばした。麻子は床に倒れた。

「この野郎っ」

伊沢は男の急所を膝頭《ひざがしら》で蹴り上げた。

三度蹴ると、男は膝から崩れた。麻子が起き上がって、男の上着を探った。紙袋は右ポケットから出てきた。

「例のメモリーだね？」

伊沢は麻子に顔を向けた。

「はい。嘘をついて、すみませんでした」

「昨夜《ゆうべ》、こいつらに何かされたんだな？」

「ええ、とっても屈辱的なことを……」

麻子が言い澱《よど》んで、目を伏せた。すると、男が口を切った。

「この女を三人で輪姦《マワ》したんだよ。そのときのレイプシーンは、ばっちりビデオカメラで撮らせてもらったぜ」

「なんてことをしたんだっ」

伊沢は激昂《げっこう》した。男の顔面をアンクルブーツの先で蹴った。空気が躍った。

濁った音がした。男は仰向けに転がった。両手で顔を押さえていた。指の間から、赤いものが盛り上がってきた。血だった。

「あのDVDを渡してください。ICレコーダーのメモリーと引き換えにくれるって言ったじゃありませんかっ」

麻子が男を詰《なじ》った。男は返事をしない。

伊沢は、男の腹に膝を落とした。男が唸《うな》って、四肢を縮める。伊沢は男の懐《ふところ》を検《しら》べた。刃物も拳銃《けんじゅう》も持っていなかった。

「DVDはどこにあるの?」

麻子がしゃがみ込んで、悲痛な声で訊《き》く。やはり、男は答えなかった。

伊沢は、男の肋骨《ろっこつ》を力まかせに蹴り上げた。

骨と肉の感触が靴の先に伝わってきた。痩せた男は乱杭歯《らんぐいば》を剝《む》き出しにして、太い唸り声を放った。あばら骨が折れたにちがいない。

「おまえのような悪党には、おれは手加減しないぞ」

伊沢は靴の踵《かかと》を男の頰《ほお》に乗せ、強く踏みにじった。頰の肉がたわみ、皮膚が破れた。

男が両手で、伊沢の足首を摑んだ。

伊沢は、もう一度踏みつけた。鮮血が噴いた。男の十本の指が、伊沢の足首から一本ずつ剝《は》がれていった。

「ＤＶＤはどこにある？」

伊沢は訊《たず》ねた。

「もう裏ビデオ屋に回しちまったよ」

「なんだって⁉」

「いまごろ、何十本もダビングしてるころさ。あんなに迫力のあるビデオは、めったにねえからな。ヤラセじゃ、あれだけの迫力は出せねえ」

男が喘ぎ喘ぎ言った。その顔は血みどろだった。麻子が泣き崩れた。

「おれがマスターＤＶＤもダビングＤＶＤも全部、回収してやるよ」

伊沢は言った。しかし、麻子は泣き熄《や》まなかった。かえって嗚咽《おえつ》が高くなった。

男が薄ら笑いを浮かべた。

「大怪我《おおけが》したくなかったら、おれの命令に背《そむ》かないほうがいいぜ」

「けっ、笑わせるねえ。素人《トウシロ》に何ができるってんだ」

「堅気だって、怒りが爆発すれば、何だってできるさ」

伊沢は言うなり、男の左腕に匕首を突き立てた。

男が猛獣の雄叫《おたけ》びめいた叫び声をあげた。匕首は男の腕を貫《つらぬ》き、瑠璃《るり》色のカーペットに達していた。出血が夥《おびただ》しい。

「そっちの出方によっちゃ、太腿《ふともも》を刺すぞ！」

「うーっ、くそ！　痛《いて》え、痛《いて》えよ」

「おい、どうなんだっ」

「裏ビデオ屋を呼ぶよ」

「すぐに、そいつに電話しろ。マスターＤＶＤとダビングＤＶＤを一本残らず持ってこさせるんだ。いいな！」

「わ、わかったよ。だから、早くドスを抜いてくれっ」

「女みたいな声を出すな」

伊沢は短刀を乱暴に引き抜いた。傷口から、どっと血糊があふれた。

いつの間にか、麻子は泣き熄《や》んでいた。坐り込んだまま、虚《うつ》ろな目で床の一点を見つめている。

伊沢は、痩せた男を電話機のある場所まで引きずっていった。

男はホテルの交換台を通して、裏ビデオ屋に電話をかけた。

「ああ、サトルか。相馬《そうま》だ。今朝《けさ》、おまえに渡したマスターDVD、もうダビングしはじめてんのか？」

「………」

「それじゃ、マスターとダビングした分をそっくりこっちに持ってきてくれ。ちょっと危《ヤバ》くなったんだよ。いいから、メモしろ！」

男はホテルの名と部屋番号を言って、電話を切った。

「おまえ、相馬っていうんだ」

「そうだよ」

「尾形組の組員だろ？」

伊沢は確かめた。

「ああ。そんなことより、早く救急車を呼んでくれ」

「その程度の傷じゃ、死にゃしない」

「こんなにどんどん血が出てるじゃねえか。頼むよ！」

「近頃《ちかごろ》、おれは急に耳が遠くなってな。おまえ、いま、何か言ったか？」

「くそったれが」

相馬は毒づいて、ベッドに引っくり返った。寝具に血が染み込んでいく。伊沢は、相馬を睨《にら》んだ。

「舎弟頭の小杉を轢《ひ》き殺したのは、尾形組の人間だな？」

「知らねえよ、おれは」

「太腿も刺してもらいたいらしいな」

「やめろ、やめてくれーっ！　おれたち下っ端は、ほんとに何も知らねえんだ」

相馬が涙声で言って、両手を合わせた。芝居ではなさそうだ。

伊沢は麻子に近づいた。麻子は、まだ坐り込んだままだった。

「きみは階下《した》のロビーで待っててくれ」

「は、はい」

麻子がのろのろと立ち上がった。すぐに彼女は部屋を出ていった。

伊沢はベッドサイドに戻って、ラークマイルドに火を点《つ》けた。

相馬の血は、いっこうに止まらない。伊沢は相馬のポケットからハンカチを出し、それで止血してやった。

裏ビデオ屋がやってきたのは、およそ二十分後だった。

チェック柄の手提《さ》げ袋を手にしていた。まだ十八、九歳の少年だった。暴走族上がりの準構成員なのだろう。

伊沢は血に染まった匕首をちらつかせた。すると、たちまち茶髪《ちゃぱつ》の少年は竦《すく》み上がった。黙って手提げ袋を差し出した。

「ダビングDVDは、もう一枚もないな」

伊沢は袋の中を覗《のぞ》いた。マスターDVDらしいものと十七、八本のダビングDVDが入っていた。

「これで、全部っす。あのう、相馬の兄貴は？」

「奥のベッドで唸ってるよ。おまえ、奴を外科医院に連れてってやれ」

伊沢は言って、匕首の血を少年の綿ブルゾンの肩口になすりつけた。少年は怒らなかった。卑屈《ひくつ》な笑みを浮かべただけだった。

伊沢は匕首を鞘に収め、一三一五号室を出た。伊沢は白鞘を投げ捨て、エレベーターに乗り込んだ。

エレベーターホールに、屑《くず》入れがあった。

一階に下《くだ》る。麻子はロビーの隅に立っていた。不安そうな顔つきだった。

伊沢は歩み寄って、麻子に耳打ちした。

「DVDは残らず回収したよ」

「ありがとうございました。昨夜《ゆうべ》アパートで伊沢さんを待ってたら、さっきの男が仲間と部屋に押し入ってきて、わたしをおかしなホテルに……」

「その話は後だ。ひとまず逃げよう」

伊沢は麻子の手を取って、駆けはじめた。

表に出ると、二人はフィアットに乗り込んだ。車を発進させてから、伊沢は助手席の麻子に言った。

「しばらく恵比寿のアパートには戻らないほうがいいな。それから、会社も休んだほうがいいだろう」

「ええ、そうします」

「リア・シートにあるマスターのＤＶＤは、そっくり焼却するんだね」

「はい。伊沢さん、本当にありがとうございました」

「なあに」

「これ、浩一さんの部屋から出てきた録音音声のメモリーです」

ハンドバッグから抓《つま》み出した紙袋を、麻子はダッシュボードの上に置いた。

「預からせてもらっていいね？」

「はい、どうぞ」

「今夜はどうする？　おれの知り合いの女性のマンションに泊まるかい？」

「伯母が大田区の洗足池《せんぞくいけ》に住んでるんです。当分、そこに厄介になるつもりです」

「それじゃ、伯母さんの家まで送ろう」

「すみません」

「麻子さん、きのうのことは早く忘れるんだ。狂犬に噛まれたのと同じなんだから、変に自分を責めないほうがいい」

「でも、そう簡単には忘れられません。早く忘れたいけど、忘れられないわ」

「そうだろうな」

「わたし、浩一さんに申し訳なくて。お腹《なか》の赤ちゃんまで穢《けが》された気がして」

「それは考えすぎだよ」

「いいえ、汚れた体で浩一さんの赤ちゃんなんか、とても産めません。気持ちが落ち着いたら、堕《お》ろすつもりです」

「麻子さん、それは少し考えが潔癖すぎるな」

「もう決心したんです。きっと浩一さんも、わたしの気持ちをわかってくれると思います」

麻子は言い終わると、忍びやかに泣きはじめた。

伊沢は何も言えなくなった。無言でカーラジオのスイッチを入れる。せめてもの思い遣《や》りだった。スティービー・ワンダーの歌が流れてきた。

伊沢はバックミラーを仰いだ。追跡の車はなかった。

3

録音音声が流れはじめた。

伊沢は耳を澄ました。まゆみの部屋だ。

翌日の午後である。部屋の主は外出中だった。

耳障《みみざわ》りなノイズの後、男たちの密談が流れはじめた。

――先生、わざわざお呼びたてしまして、申し訳ございません。

――久しぶりやな。きみも元気そうやないか。

――はい、おかげさまで。先生、さっそくですが、例の件でお願いがございます。

――なかなか大変そうやな。

――はい。空港会社詣《もう》でをしている企業が数千社と聞いております。

――そうやてな。周辺の関連整備事業を併《あわ》せると、総事業費が一兆五千億円というどでかいプロジェクトやからなあ。

――ええ。アメリカの名だたる企業も続々と建設参加を申し入れてきているという話です。

――その話は、わしも聞いとる。彼らは日米貿易不均衡を楯《たて》にとって、プレッシャーをかけてきたそうやないか。

――はい。わたしも、そう聞いております。それだけ、旨味《うまみ》のある事業ですからね。

――そやな。企業人やったら、誰かて熱うなるわな。

――ええ、それはもう。そこで先生のお力をお借りして、なんとか大光《だいこう》建設に関連整備事業の三割ほどを回していただければと思いまして。

――きみは大光建設から、なんぼ運動資金を貰《もろ》たんや？

――そのあたりのことは、ご勘弁ください。

――十億以下っちゅうことはないやろな？

――それは話がもう少し煮詰まった段階で、お話しさせていただくつもりです。

――相変わらずやな、きみも。わしより七つも若いくせに、早くも大狸《おおだぬき》や。

――ご冗談を。先生の腹芸《はらげい》には、とてもかないませんよ。

――腹芸のできんような政治家は大成できんよ、きみ。

――ごもっともです。で、先生、見通しはいかがでしょう？

――まだ、なんとも言えへんな。なにせ国、地方自治体、民間が出資する巨大プロジェクトやからな。わしら国会議員は、それぞれ財界や自治体にしがらみを持っとるからねえ。

――それは、よく承知しております。ですから、欲はかきません。三割ほどの受《じゅ》誅《ちゅう》をいただければと考えております。

――はっきり言うて、三割は無理や。地元企業の活用をスローガンにしとる議員が日ごとに増えとるさかいな。

――そこを何とか、先生のお力で……。

――ま、考えてみるわ。けど、今度は前回の核燃料廃棄物処理施設のようにはすんなりといかんやろな。

――その節は、大変お世話になりました。先生のご尽力《じんりょく》で、あの島を買い上げていただいたおかげで、東西観光も吸収合併を免れることができました。あそこの会長も、先生には足を向けて寝られないなどと申しておりました。

――ふむ、ふむ。けど、東西観光はほんまにわしに感謝してくれとるんやろか？

――それは、もちろんですよ。

――その割には、ヤミ献金がちっともアップせんなあ。去年もことしも、確か据え置きやったで。

――それは知りませんでした。さっそく会長と社長を呼んで、叱《しか》りつけましょう。

――よう言うといてや。

――はい、誠心誠意努力をさせます。

――頼むで。

――はい。先生、話を戻させてください。もし三割がご無理なようでしたら、せめて本土と人工島を結ぶ高速道路の工事受註のほうを大光建設一社に。

――連絡道路予定地の地主は、なんぼおるんや？

――わたしが入手した資料によりますと、地主が約八百人だったと思います。

――たいした数やないけど、強硬な反対派もおるんやろ？

――ええ、少しばかり。新左翼の各セクトが地元住民へのオルグを熱心につづけておりますので。

――厄介《やっかい》やな。

――その点は何とかいたします。どんな人間も、金や女には弱いですからね。

――お得意の手で、反対派を切り崩すつもりやな？

――ご想像にお任せします。

――きみは根っからの悪党やな。いい死に方でけへんぞ。

――それは、先生もご同様ではありませんか？

――なにを言うねん。言うとくけど、わしは私利私欲で金集めをしたことはいっぺんだってないで。みんな、わが党派のために汚れた役を引き受けてるんや。

――わかってますよ、先生。それはそうと、大光建設の件、ひとつよろしくお願いいたします。

――きみとは長いつき合いやから、悪いようにはせんよ。

――ありがとうございます。落札させていただいたときには、もちろん改めてご挨《あい》拶《さつ》いたしますが、とりあえず、きょうは大光建設からこれを預かってまいりました。先生、どうかお納めください。

――おっ、マスクメロンやな。

――はい、先生の大好物の。

――メロンはいくつ入っとるんや？

――きょうは、五つばかりお持ちしました。追って、あと五つほどご自宅に届けさせていただきます。

――メロンは何個食べても、不思議に食中《しょくあた》りを起こさん。これは、秘書に運ばせるわ。

――お口に合うと、よろしいんですが。

――きみのことやから、抜け目なく貧しい漁民から漁業権を買い漁《あさ》ったんやないのか？

――ほんの少々ですよ。

――うまく逃げよって。

――いいえ、ほんとうの話です。

――けど、例の石油備蓄基地では大儲《おおもう》けしたんやろ？

――とんでもありません。金利負担で大変でした。儲けさせていただいたのは、せいぜい車一台分ですよ。

――うまいこと言いよって。きみのせいで、国は大損や。結局、石油危機で基地建設計画そのものが潰《つぶ》れてしもうたんやからな。なんの役にも立たん島を法外な値段で買わされたんやから、実際、かなわんな。

――先生、それは誤解です。わたしも、あの島をべらぼうな値段で前の持ち主から売りつけられたんですから、むしろ被害者ですよ。

――この狸が！　バイオ関連株の仕手戦グループのスポンサーは、きみやいう噂《うわさ》やないか。

――先生は地獄耳ですな。仕手戦を手がけたことは事実ですが、最終的には失敗してしまいました。大火傷《おおやけど》をして、いまも借金だらけです。

――なに言うとるねん。借金だらけの男が、なんで大型クルーザーや専用ヘリコプターを手放さんのや。わしの目は節穴やないで。

――いえいえ、台所は本当に火の車でして。少しは大きく稼ぎませんと、しまいには首が回らなくなります。

――欲の深い男や。独身のくせに、なんで金ばかり追うんや？

――この世で信用できるのは金だけですからね。

――寂しい奴や。

――先生、自衛隊の超水平線《OTH》レーダー基地の候補地は、まだ当分、決まらないんでしょうね？

――オーバー・ザ・ホライズン・レーダー基地か。

――はい。

――防衛省が硫黄島《いおう》、喜界島《きかい》、伊江島《いえ》などの候補地を調査したんやが、どこも問題があって、白紙に戻されたんや。

――それは存じております。その後の動きを教えていただきたいのです。

――きみは何を企《たくら》んどるんや？

――実は、基地にふさわしい島があるんですよ。

――どこや、そこは？

――鹿児島の吐噶喇《とから》列島南部にある宝島です。

――知らんな、そないな島は。

――宝島は人口百六十人ほどの小さな島でして、面積は六平方キロです。サトウキビやサツマイモといった農産物の生産と牛の飼育が盛んなんですが、珊瑚礁《さんごしょう》特有の鍾乳洞《しょうにゅうどう》が多いんです。

――ふうん。

――そのような環境ですから、超水平線《OTH》レーダー基地の送信所にはうってつけだと思うんです。受信所は徳之島《とくのしま》から沖永良部島《おきのえらぶじま》あたりに設ければ……。

――おい、待てや。わしは防衛省には太いパイプを持っとらんのやぞ。

――ですから、先生にどなたかコネをつけていただきたいと考えているわけです。宝島の一角をあるレジャー産業が観光開発の目的で手に入れたんですが、長引いてる不況で社運が傾きまして、売却したがってるんです。

――無理や、無理や。その話は聞かんかったことにしてくれ。

――わかりました。残念ですが、いまの話は引っ込めましょう。

――きみは、ほんまに強欲やなあ。

――先生、わたしはお人好《ひとよ》しなんですよ。

――なんやて、きみがお人好し⁉

――はい。わたしは昔から他人にものを頼まれると、断れない性分でしてね。よく言えば、俠気《おとこぎ》があると申すのでしょうか。

――きみには負けるわ。けど、フィクサーとしては一流やな。

――いえ、いえ。わたしなど、まだ、ほんの小僧っ子です。

――五十八にもなって、小僧っ子はないやろ。

——いえ、本当に若造ですよ。

——ぐっふふ。

——ところで先生、そのうちまた、天城《あまぎ》の山荘に遊びにいらしてください。

——ああ、寄せてもらおう。地下牢《ちかろう》には、まだ女どもを飼《こ》うてるんか？

——ええ、素っ裸にして飼っております。

——首輪を嵌《は》めてな。むひひ。

——いまは日本人の女のほかに、アメリカ人やフィリピン人も飼っております。

——それは楽しみやな。

——先週のパーティーには、中南米の某国大使館員と能役者の梶村祐造《かじむらゆうぞう》氏をお招きしました。

——ほう、梶村さんもSなんか。意外やな。

——スーパーSですよ。ヤンキー娘のあそこ《プッシー》に何十個も画鋲《がびょう》を突っ込んで、尻の肉をガスバーナーで焼いてしまいました。

——たまらんね、そういう話を聞くと。

——先生もぜひ、またパーティーにご参加ください。

——そやな。なんとか時間を遣り繰りして、また寄せてもらうわ。

——お愉《たの》しみになるのはかまいませんが、あまり度を過ぎませんように。

——なんぞまずいことがあったんか？

——はい、少々。二カ月ほど前に伊豆大島沖で女の首なし死体が上がった事件がありましたが、ご記憶でしょうか？

——そういえば、そんなことがあったな。

——その女の首を日本刀で刎《は》ねたのは、わたしなんですよ。女はフィリピン生まれの不法残留者でした。

——きみが殺したんか⁉

——ええ。始末した女はわたしを軽蔑《けいべつ》するような目で見て、唾《つば》を吐いたんです。それで、つい頭に血が昇りましてね。

——そりゃ、カッとくるわな。女を殺したんは、それが初めてなんやろ？

——いいえ、これまでに三人ほど殺しました。

——恐ろしい男や。フィリピン女の首はどないしたん？

——飼ってるライオンにくれてやりました。

——きみこそ、スーパーSやないか。けど、女を嬲《なぶ》り殺しにでけたら、さぞええ気持ちやろうな。

——それは、もう最高ですね。フィリピン女を殺《や》った晩は、朝まで三人の女を放せませんでした。

のか？

れはそうと、きみも無防備やな。そないな命取りになるような話を平気でしてもええ

——いや、わしはもう駄目や。バイアグラも、よう効かんようになってもうた。そ

——先生だって、そういう状況でしたら、おそらく……。

——その年齢《とし》で、ようやるわ。

——どうぞご心配なく。先生のウィークポイントをちゃんと押さえてありますので。

——わしの弱点やて⁉

——はい。先生がわたしの山荘で、女の子のおっぱいに鉄串《てつぐし》を刺したときの写真を

ちゃんと保管してあるんですよ。

——ほんまにあんとき、写真を撮ったんか⁉

——ええ。記念にと思いまして、秘書にこっそり撮らせました。

——きみは、なんちゅう怕《こわ》い男なんや。その写真のデータ、譲ってくれ！　写真週

刊誌にでも持ち込まれたら、身の破滅やさかいな。

——先生、勘違いなさらないでください。わたしはそのことで、強請《ゆすり》を働くようなけちな男じゃありません。現に、わたし自身の弱みも晒《さら》したじゃありませんか。

——それはそうやが、なんとなく落ち着かんからな。

——それでは、こうさせてください。大光建設が首尾よく落札できました折に、デ

ータを差し上げましょう。

――きみはスッポンみたいな男やな。いや、人喰《ひとく》い鮫《ざめ》や。

――誰かにピラニアと言われたこともあります。ま、先生、おひとつどうぞ。

――酒か。

――そろそろ芸者を呼んでもかまいませんね？

――そうやな。おい、これはなんやねん！　きみ、これは盗聴マイクやぞ。

――誰がそんなものを⁉

――革新党の連中が仕掛けよったんやな。いや、わが民自党の反主流派の人間の仕業かもしれん。

――仲居、板前のすべてを徹底的に調べてみます。

――それより、近くで録音してる奴を押さえるほうが先や！　きっと数百メートル以内のどこかにおるはずや。

――わかりました。

衝撃音が入り、音声はぷつりと途絶えた。

伊沢は停止ボタンを押し込んだ。密談音声を聴いたのは、五度目だった。

関西弁の男が現職の国会議員で、相手は利権屋であることはわかるが、やはり、どちらの名前も出てこない。密談場所の料亭も、これでは、はっきりわからない。

伊沢は溜息《ためいき》をついた。

それでも、収穫はあった。録音音声には、いくつか謎《なぞ》を解くヒントが含まれていた。首なし死体は、『麗女館』の失踪《しっそう》したフィリピン人ホステスだろう。利権右翼らしい男は、伊豆の天城高原のどこかに山荘を所有している。

そこでは、週末にサディストたちの狂った宴《うたげ》が開かれている。山荘の地下牢には、幾人かの女が閉じ込められているらしい。

――かなりの手がかりを摑んだが、肝心の尾形組長と大物利権屋の繋がりが浮かび上がってこないな。倉科社長の線で何か摑めたかもしれない。ボスに電話してみよう。

伊沢は携帯電話を手に取った。

4

「いいセカンドハウスですね」

伊沢は倉科社長に言って、ソファに腰を沈めた。

千代田区三番町にあるマンションの一室だ。夜の十時過ぎだった。

「まだ頭金を払っただけなんだ」

「さては、愛人ができたんだな。ボス、そうなんでしょ？」

「くだらん冗談を言うな。ここは、充電の場として買ったんだ。自宅じゃ、独りっきりにはなれないからな」

倉科は半白の前髪を掻き上げ、苦笑いした。社長は五十一歳だった。

「それはそうと、お願いした件、ありがとうございました。こんなに早く調べてもらえるとは思ってませんでしたよ」

「おまえの期待に添えるかどうかな。これが、日東テレビの報道部長が集めてくれたデータだ」

倉科が、テレビ局名の入った封筒から資料の束を抓《つま》み出した。

伊沢は一礼し、資料を受け取った。すぐに彼は目を通しはじめた。

尾形耕次が引き起こした数々の刑事事件の新聞スクラップやニュース原稿の写しのほかに、尾形自身の経歴や家族構成などがメモされていた。交友関係の資料もあった。

「尾形は総会屋から倒産会社の整理屋になって、いまの組織を構えたんだな」

倉科がそう言って、コーヒーカップを口に運んだ。

「総会屋時代は、『殉国《じゅんこく》民友同盟』という右翼団体のメンバーだったんですね」

「そうみたいだな。その団体は、七〇年安保の後に解散してる。著名な右翼思想家の秘書だった男が興《おこ》した政治結社だったんだ」

「服部智則《はっとりとものり》っていうのが、その男だな」

伊沢は資料を見ながら、低く呟いた。

「そういう前歴か。尾形耕次は、保守系の政治家たちとはつき合いがあるようだ」

「ええ。民自党の国会議員のパーティーにはほとんど出席してますね」

「政治家だけじゃなく、財界人とも裏でつき合いがあるらしい。尾形は大手企業の株主総会にちょくちょく顔を出してる」

「そうですね。尾形は、いまも総会屋なんだろうか」

「商法の改正で総会屋は締め出されたはずだが、それはあくまでも表向きの話だからな。おそらく、いまも現役なんだろう」

倉科が言った。

「でしょうね」

「政財界人との結びつきは割にはっきりと摑めるんだが、右翼青年だったころや総会屋仲間たちとのつき合いには、あまり目立った動きはないみたいだな。大物右翼の葬式に出たくらいで、後は動きらしい動きはないだろ？」

「そうですね。尾形と利権屋の大物との関係がわかればいいと思ってたんだが……」

「あまり役に立たなかったようだな」

「いいえ、尾形の経歴がわかっただけでも助かりました。ボス、ここにＩＣレコーダーはありますか？」

「あるよ」

「それじゃ、ちょっとこの録音音声を聴いて欲しいんです」

伊沢はジャケットの内ポケットから、メモリーを取り出した。

「そのメモリーは何なんだ？」

「殺された村瀬が隠し持ってたICレコーダーのメモリーです」

「待ってろ、いまICレコーダーを持ってくる」

倉科社長が立ち上がって、寝室らしい部屋に走り入った。

伊沢はコーヒーを啜《すす》った。少し酸味が強かった。

待つほどもなく倉科が戻ってきた。

伊沢はメモリーをセットし、再生ボタンを押した。音声は、まゆみの部屋でコピー済みだった。

音声が流れはじめた。

倉科の顔が引き締まった。彫りの深い顔だった。頬の陰影が一層、濃くなった。伊沢は煙草を喫いながら、静かに耳を傾けた。

やがて、男たちの密談が終わった。

伊沢はICレコーダーの停止ボタンを押した。そのとき、倉科社長が興奮した面持ちで言った。

「おい、大変なスクープじゃないか。現職の国会議員と利権屋の会話が生々しく収録されてる。場所はどこかの料亭だな」

「最初にこれを聴いたときは、おれもびっくりしましたよ」

「村瀬君という友人は、これをどうやって録音したんだろう？」

「おそらく村瀬は料亭の仲居か板前を抱き込んで、ＩＣレコーダーを仕掛けたんでしょう」

「男たちがそこで密談するということをどうやってキャッチしたのかね？」

「多分、抱き込んだ人間が情報を流してくれたんでしょう」

「だとすると、男たちはその料亭をしばしば利用してたことになるな」

「ええ、そういうことになりますね」

伊沢は言った。

「こんなスクープ種《ネタ》を手に入れながら、村瀬君はなぜ、録音音声を新聞社やテレビ局に持ち込まなかったんだろう？　利権屋のほうはともかく、国会議員のほうは声から誰だかわかる可能性もあるのに」

「村瀬はもう少ししっかりとした裏付けをとってから、ペンでこの男たちを告発するつもりだったんだと思います」

「そうだろうか。ちょっと納得できない部分もあるな」

倉科が首を捻《ひね》った。

「どこがです?」

「若いフリーライターがたった独りで告発するには、相手がでかすぎると思わないか? 正義感や功名心だけで、こんなに危険な人物たちに近づけるもんかね」

「村瀬は気骨があって、度胸もあったんです」

「それにしても、相手が手強《てごわ》すぎる。単独じゃ、とても立ち向かえる連中じゃない」

「そう言われると、確かにそうだな」

伊沢の確信は揺らぎはじめた。

「これはおれの推測なんだが、村瀬君はどちらかの男に個人的な恨みを抱いてたんじゃないだろうか。おまえから聞いた断片的な話を総合すると、そう思えるんだ」

「個人的な恨みというと、村瀬自身か、彼の家族かどっちかの男に煮え湯を呑《の》まされたんだろうか」

「おおかた、そんなとこだろうな。社会悪を暴《あば》きたいという正義感だけじゃ、これだけ巨大な怪物には嚙みつけない。きっと村瀬君は復讐《ふくしゅう》を果たすために、捨て身になったにちがいない。それだから、これだけ大胆なことができたんだろう」

「そうなのかもしれませんね。おれは、この利権屋が尾形に村瀬を殺すよう命じたんだと思うんです。で、尾形組長は舎弟頭の小杉に村瀬を殺《や》らせた」

「それは考えられるね」

「おれが事件のことを嗅《か》ぎ回りはじめたんで、尾形は小杉に手引きしたコールガールも抹殺《まっさつ》させ、さらにおれまで殺させようとした。それに失敗した小杉は、組の誰かに消されてしまったんじゃないかな」

「大筋は、そうなんだろう」

「ボス、この録音音声を日東テレビの報道部長に渡して、男たちの正体を突き止めてもらってくれませんかね。おれは、ほかの線から調べてみますから」

「この音声は複製してあるのか？」

倉科が訊いた。

「ええ」

「そうか。それなら、預かっておこう。うまくしたら、この音声だけでも男たちを告発できるかもしれないぞ」

「ボス、たとえできたとしても、それを公表するのはやめてください。おれは村瀬の代わりに、この手で闇《やみ》の奥にいる奴らを引きずり出したいんです」

「伊沢、冷静になれ！　友情と正義感だけじゃ、闘える相手じゃないんだ。後は警察や検察庁に任せて、事件から手を引け！」

「ここまできたら、もう引き下がれませんよ。録音音声の件、よろしくお願いします」

伊沢は資料を抱えて、立ち上がった。そのまま、倉科のプライベートルームを辞去した。

一階のロビーに降りると、伊沢は懐から携帯電話を取りだした。『麗女館』に電話をかけ、ママの笹森玲奈を呼びだしてもらう。

「お待たせいたしました」

電話の向こうで、玲奈が愛想よく言った。

「伊沢だ。尾形に探りを入れてくれたか？」

「きのう、部屋に来たことは来たんだけど、ちょっとそのことを持ち出したら、あの人、おかしな顔になったのよ」

「結局、何も探り出せなかったんだな？」

「そうなの」

「真面目にスパイをやらないと、例の淫らな写真を尾形の自宅に届けるぞ。尾形の家のことは、もう調べてあるんだ」

「えっ、ほんと⁉」

「ああ。奴の家は高円寺にあって、女房の名前は杏子《きょうこ》で、ひとり娘の女子大生は香《か》織《おり》だよな？」

「よく調べたわね。どうやって調べたの？」

「ま、いいじゃないか。それより、尾形の背後にいる人物を早く探り出してくれ」

「もう少し待ってて。わたし、必ずなんとかするから」

「そうだ、ちょっと訊きたいことがあったんだ」

「なあに？」

「尾形の知り合いで、伊豆の天城高原に別荘を持ってる奴はいないか？」

「天城高原ねえ。尾形は伊東なんかにはよくゴルフに行くけど、ちょっとすぐにはそういう人がいるかどうか思い出せないわね」

「なら、いい。近いうちに、また連絡する」

伊沢は電話を切ると、地下駐車場に降りた。

赤いフィアットの運転席に坐ったとき、ふと彼は『オアシス』に行ってみる気になった。店の近くで四谷署の刑事たちが張り込んでいるかもしれなかったが、滝口に密談音声のことを詳しく報告したかったのだ。

車を発進させる。

道路は割に空いていた。二十分ほどで、滝口の店に着いた。

伊沢は、すぐには車を降りなかった。前後左右に目をやって、刑事たちの姿がないのを確かめた。それらしい人影は見当たらなかった。

伊沢は尾形耕次に関する資料を手にして、フィアットから出た。ドアはロックしなかった。いつでも車に飛び乗れる状態にしておきたかったのだ。

『オアシス』に入ると、滝口が若い女と何か諍《いさか》いをしていた。女は後ろ向きだった。二人のほかには、人の姿はない。

「よう」

滝口が伊沢に気づいた。

女が振り返って、小さくほほえんだ。滝口夫人のつかさだった。

伊沢は、つかさの変わりように驚いた。すっかり面《おも》やつれしていた。顔色もすぐれない。愛らしかった円《つぶ》らな瞳《ひとみ》は落ちくぼみ、ひどく下品に見える。

「ずいぶん痩せたな」

伊沢は、つかさに言った。つかさは寂しげに笑ったきりだった。滝口が会話に割り込んだ。

「こいつ、ダイエットに熱中しすぎて、拒食症になりかけてるんだ」

「それはよくないな。いずれにしても、奥さんをこんなふうにしたのは夫の責任だ」

「そう言われると、面目《めんぼく》ないな」

「それに、店で夫婦喧嘩《げんか》はまずいんじゃないか？」

「喧嘩ってほどじゃないんだ。ちょっとした感情の行き違いだよ」

「そうか。夫婦喧嘩は犬も喰わないって言うから、これ以上は口出ししないよ。ちょっと話があるんだ」

「それじゃ、屋根裏部屋に行こう。つかさ、店番、頼むな」

滝口がそう言い、梯子段《はしごだん》を昇っていった。

伊沢は、後につづこうとした。そのとき、急につかさが行く手に立ち塞《ふさ》がった。ほとんど同時に、彼女はだしぬけに伊沢の股間をまさぐった。

「悪い冗談だな」

「ねえ、わたしを抱いて」

つかさが囁《ささや》いた。真顔《まがお》だった。

「まだ欲求不満になる年齢じゃないだろ？　確か二十五、六だったよな」

「したいのよ、すっごく！　だって、ずっとしてないんだもの」

「そんなばかな」

伊沢は肩を竦《すく》めた。

「ほんとよ。抱いてくれるんだったら、お金を払ってもいいわ」

「しょうがない奥さんだな」

「薬が効いてきて、体の芯がむずむずしてるの」

つかさは熱のあるような目で言い、恥丘を強く押しつけてきた。布地を通して、肌の火照《ほて》りが伝わってくる。

「薬って、媚薬《びやく》かい?」

「もっといいもの。全身がヴァギナになったような気分になれる薬よ」

「今夜、滝口にここに太《ぶ》っとい注射をしてもらうんだな」

伊沢はつかさの股間を軽く叩《たた》いて、彼女を横にのけた。

つかさが低く悪態《あくたい》をついた。

伊沢は相手にならずに、梯子段に走り寄った。

屋根裏部屋に上がると、滝口が胡坐《あぐら》をかいて煙草《たばこ》を吹かしていた。伊沢は近くに坐り込んで、密談音声のことを詳しく話した。尾形に関するデータも見せた。

「そういう録音音声が手に入ったんだったら、もう大詰めだな」

滝口が嬉しそうに言った。

「喜ぶのは早い。肝心の利権屋との接点がわからないんじゃ、どうしようもないからな」

「そのうち、尾形もボロを出すさ」

「そいつは楽観的すぎるな。こっちが嗅《か》ぎ回らなきゃ、二人の繋がりはわからないさ」

伊沢は言った。

「尾形を誘《おび》き出して、痛めつけるつもりなのか?」

「いずれ、やらなきゃならないだろうな」

「そのときは、必ずおれにも声をかけてくれ。おまえひとりに体を張らせるわけにはいかないからな」

「そうするよ。そりゃそうと、奥さんの様子がちょっとおかしいような気がするんだが、何かあったのか？」

「何もありゃしないよ。つかさは少し神経が参ってるんだ。四六時中、贅肉《ぜいにく》を落とすことばかり考えてるからな。おまえに何か失礼なことを言ったのか？」

「いや、別に。優しくしてやれよ、夫婦なんだからさ」

「ああ」

「ところで、刑事たちは？」

「きょうは一度も姿を見てないな」

「やっと諦めたようだな。そうだ、ベンツのキーを返しておこう。いまは他人《ひと》のフィアットに乗ってるんだ」

「おまえのＢＭＷ、ワックスかけといたよ」

「サンキュー。そのうち、取りに来る」

伊沢は、滝口にベンツのキーを手渡した。滝口がキーをスラックスのヒップポケットに落とし、掛け声とともに腰を上げた。

「バーボン・ソーダでも飲んでけよ」

「そうだな」

伊沢は滝口の後から、店に降りた。

つかさの姿はなかった。

第六章　鮮血

1

遺影は笑っていた。

みじんの翳《かげ》りもない。透明な笑顔だった。

伊沢は、新たな悲しみに包まれた。胸の奥が熱くなった。村瀬浩一の実家の仏間だ。

伊沢は線香を手向《たむ》けて、遺影に手を合わせた。

合掌《がっしょう》を解くと、村瀬の姉の郁恵が深々とお辞儀《じぎ》をした。

「遠路わざわざお越しいただきまして、心からお礼申し上げます」

「いいえ。わたしこそ突然お邪魔して、ご迷惑だったと思います」

「とんでもありません。弟も喜んでると思います」

「お母さんはお出かけですか？」

伊沢は訊《き》いた。

「いいえ。奥で臥《ふ》せってるんですよ。心痛から、ちょっと血圧が高くなりましてね」

「それはご心配でしょう」

「ええ。いま、挨拶《あいさつ》だけでもさせますので」

「どうぞお気遣いなく」

「でも……」

「本当に結構ですから」

「そうですか。申し訳ありません。あのう、お茶をどうぞ」

郁恵が腰を上げ、部屋の中央に置かれた座卓に歩み寄った。

十畳の和室だった。伊沢も仏壇から離れ、座卓についた。

「母は葬儀が終わってから、浩一のアルバムばかり見てましてね」

郁恵が急須《きゅうす》を傾けながら、湿った声で言った。

「お母さんのお気持ち、よくわかりますよ」

「なにしろ母は、弟をとても頼りにしてたものですから」

「確かお父さんは、だいぶ前に亡くなられたと聞いてますが」

「ええ、浩一が八つのときに亡くなりました。母は女手ひとつで果樹園を切り盛りしながら、わたしたち姉弟《きょうだい》を育ててくれたんです」

「いま、果樹園はどなたが？」

伊沢は問いかけた。

「わたしが中心になってやってるんですけど、生産量は年々落ちるばかりです。先はどうなるかわかりません」

「大変ですね、何かと」

「ええ。でも、市内にアパートを持ってますから、生活のほうは何とか家賃収入で……」

「そうですか」

「それでも弟がいなくなってみると、なんだか心細いですね。生前はめったにこの家には寄りつかなかった弟でしたけど、やっぱり男ですからねえ。粗茶ですけど、どうぞ」

　郁恵が言って、伊沢の前に茶托《ちゃたく》を置いた。

　伊沢は軽く頭を下げ、紙袋からＩＣレコーダーを取り出した。それは、女友達のまゆみのものだった。郁恵の表情が引き締まった。

「実はですね、この録音音声を聴いていただきたくて伺《うかが》ったんですよ」

「録音音声ですか？」

「ええ。村瀬君がアパートのトイレの貯水タンクの中にメモリーを隠していたんです。高見麻子さんが偶然、これを見つけたんですよ。それで、わたしが預からせてもらったわけです」

「どんな内容なんでしょう？」

「国会議員と利権屋の密談です。とにかく、聴いてみてください」

伊沢はＩＣレコーダーを卓上に置き、再生ボタンを押した。

音声が流れはじめた。

村瀬の姉は緊張した面持《おもも》ちになった。座卓の一点をじっと見据え、身じろぎもしない。伊沢も正坐したまま、聴き入った。

やがて、密談が途絶えた。

伊沢は停止ボタンを押して、郁恵に訊《き》いた。

「男たちの声に聞き覚えは？」

「いいえ、どちらも初めて聞く声ですね。浩一は、なぜこの音声を録音したんでしょうか？　弟が収録したものなんでしょ？」

「ええ、多分。村瀬君は、どちらかの男を追いつめたかったんだと思います。社会正義のための告発だったのか、復讐《ふくしゅう》が目的だったのかはわかりませんが」

「復讐？」

郁恵が目を丸くした。伊沢は経緯《いきさつ》を語り、村瀬の姉に顔を向けた。

「弟さんが誰かを恨んでたような様子はありませんでしたか？」

「そういう気配は少しも感じませんでした」

郁恵が答えた。

伊沢は軽い失望を覚えた。ちょうどそのとき、仕切り襖《ぶすま》が音もなく開いた。

現われたのは、村瀬の母親だった。寝間着の上に羽織を重ねている。

「ご挨拶が遅れまして。葬儀のときは、遠路ご足労いただきまして、本当にありがとうございました」

「いいえ。どうぞお寝《やす》みになってください。わたしは、じきに失礼しますので」

「少しお話がありますの」

村瀬の母はそう言って、畳に坐《すわ》った。ひどく大儀そうだった。郁恵がさっと立ち上がって、母親の背中に座椅子《ざいす》を宛《あ》てがう。

「お話というのは？」

伊沢は促した。村瀬の母がほつれ毛を筋張《すじば》った手で撫《な》でつけながら、か細い声で言った。

「録音音声は隣の部屋で聴かせてもらいました。政治家のほうは存じませんけど、相手の男の声には聞き覚えがございます」

「誰なんです？」

「多分、服部智則という男でしょう」

「服部智則ですって⁉」

　思わず伊沢は、大声を発してしまった。

「ええ、ほぼ間違いないと思います」

「お母さん、服部のことを詳しく教えてください。いったい、どういう知り合いなんです？」

「服部は、亡くなった主人の昔の友人です」

「ご主人と服部は学生時代につき合いがあったんですか？」

「いいえ。主人とは山師《やまし》仲間だったんですよ」

「山師というと、ご主人、若いころは鉱山技師か何かだったんですね？」

「いいえ、そうじゃございません。本業は造り酒屋だったんです。ですけど、家業は使用人任せにして、主人は服部と鉱脈探しに明け暮れておりました。服部も信州の人間でしてね。二人でほうぼうに出かけては、山林を買い付けたりしてました」

　村瀬の母が言った。

「ご主人たちは何を探してたんです？」

「銅や錫《すず》なんかを探してたようです。ですけど、なかなか鉱脈には当たりませんでした」

「そうでしょうね。日本の地下資源は、ほぼ採り尽くされてますからね」

「ええ。でも、主人と服部は北関東の外れで、ついに鉱脈を探り当てたんですよ。といっても、非金属でしたけどね。石灰石《せっかい》の鉱脈を発見したんです」

「石灰石というと、セメントの原料になるものですよね？」

「そうです。主人たちは大喜びして、さっそく採掘に取りかかりました。ところが、鉱脈は思っていたほど豊かじゃなかったんです。そのうち資金繰《ぐ》りが苦しくなりました」

「それで、どうされたんです？」

「主人たちは相談の結果、大手のセメント会社に採掘権を売ることに決めたんです。だいぶ足許《あしもと》を見られたようですけど、それでも主人たちは多少まとまったお金を手にすることができました」

「そうですか」

「その後、主人は家業に精を出すようになりました。それから半年ほどして、主人は服部の裏切りを知ったんです」

「どんな裏切り方をされたんでしょう？」

「服部はセメント会社と密約を交わして、こっそり自分だけ配当を手にしてたんですよ」

「どういうことなんですか？　そのあたりのことを詳しく話していただけないでしょうか」

伊沢は早口で急《せ》かした。

「服部は別の鉱脈を発見しておきながら、主人には内緒にしてたんです。そして、そちらから産出した分については一トンいくらという具合に配当を貰《もら》ってたんですよ」

「服部は、甘い汁をひとり占めしたかったんだな」

「そうなんでしょうね。主人は服部の背信行為を詰《なじ》りました。そして、服部が得たお金の半分は、本来、自分のものだと主張したんです」

「当然の権利ですよね？」

「ええ。だけど、服部は主人の要求を突っ撥《ぱ》ねたんです。それで主人は、やむなく訴《そ》訟《しょう》を起こしたんですよ。けれど、裁判は長引くだけで、いっこうに黒白《こくびゃく》がつきませんでした。弁護士費用だけでも、かなりの負担でした」

「そうでしょうね。民事の場合は、時間がかかりますから」

「そうこうしているうちに、家業が傾いてきましてね。服部はここぞとばかりに、陰険な厭《いや》がらせをするようになったんです」

「たとえば、どんなことをされたんです？」

「うちの取引銀行やお得意さんに圧力をかけて、手形の期限を延ばさせたり、大口の契約をキャンセルさせたりしたんです」

「卑劣だな。銀行やお得意さんは、なぜ、そう簡単に服部の圧力に屈したんだろう？」

「おおかた服部は、相手の弱みをちらつかせたんでしょう。どんな会社にも、公表されたくないことが一つや二つはあるでしょうからね。もともと服部は、強請《ゆすり》まがいのことをしてたようです」

「わたしが調べたところによると、服部は昔、『殉国民友同盟』という右翼団体のリーダーだったようです」

「その話は、わたしも主人から聞いたことがございます。若い時分には行動右翼として、暴れ回ってたとか。その当時から、服部はやくざなんかとも繋がってたようです」

村瀬の母はそう言って、口の端に溜《た》まった唾液《だえき》を恥ずかしそうにガーゼのハンカチで拭《ぬぐ》った。

これで、大物利権屋と尾形耕次の結びつきがわかった。二人は右翼団体のリーダーとそのメンバーという間柄だったわけだ。

伊沢は、頭の中の霧が一気に消えた気がした。

「そんなことで、三代続いた造り酒屋はとうとう潰《つぶ》れてしまったんです。それから間もなく、主人は服部を恨みながら、毒を呷《あお》って自らの命を絶《た》ちました」

「そうだったんですか」

「わたしは幼かった郁恵と浩一を連れて、この実家に戻ってきたんです。跡取りの兄が若くして亡くなったもんですから、結局、わたしがこの家の跡を継ぐ形になったわけです」

村瀬の母はそう言うと、うつむいてしまった。

黙って話を聞いていた郁恵が、哀《かな》しみに満ちた表情で言った。

「父が事業に失敗して死を選んだということは聞いてましたけど、そんな経緯があったとは、きょうまで知りませんでした」

「お辛《つら》い思い出だから、お母さんも打ち明けられなかったんでしょう」

「そうだったんでしょうね」

郁恵は伊沢に言い、自分の母親に訊いた。

「母さん、浩一にはいまのこと、いつごろ話したの？」

「もう三年ぐらい前よ。浩一は男だから、少々のことでは驚かないだろうと思って、打ち明けたの」

「それで浩一は、その服部智則という人に復讐する気になったのね」

「もしかしたらね。こんなことになるんだったら、あの子に言わなければよかったわ」

村瀬の母は呻《うめ》くように言うと、畳に突っ伏して泣きはじめた。郁恵が、その肩と背中を撫でさする。痛ましい光景だった。

伊沢は言葉もかけられなかった。

涙が涸《か》れると、村瀬の母親は問わず語りに喋《しゃべ》りだした。

「服部は大手セメント会社から得たお金を元手にさまざまなビジネスに手を染め、いっぱしの事業家に伸《の》し上がったようです。噂《うわさ》によると、東京の成城《せいじょう》に大邸宅を構えてるとか」

「この録音音声でもおわかりでしょうが、服部の素顔は薄汚い利権屋ですよ。わたしは、服部の悪事を暴《あば》いてやるつもりです」

「伊沢さんのお気持ちは嬉《うれ》しいけど、浩一のように殺されてしまったら……」

「大丈夫ですよ。幸い、わたしには何人か味方がいます。服部たちだって、下手なことはできないでしょう。メモリー、もうしばらく預からせてください。村瀬君の死は決して無駄にはしません。どうかお大事に」

ＩＣレコーダーを紙袋に仕舞うと、伊沢は腰を上げた。

郁恵に送られて、村瀬家を出る。

外は暮れなずみかけていた。伊沢はフィアットに乗り込んだ。イグニッションキーを差し込んだとき、郁恵が言った。

「きょう、東京の麻子さんから速達が届いたんですよ」

「そうですか。彼女、何か相談でも？」

「迷惑じゃなかったら、果樹園の仕事を手伝わせて欲しいって言ってきたんです。浩一の育った土地で暮らしてみたくなったんだそうです」

「それは、いい気晴らしになるかもしれないな」

「ええ。喜んで迎えるつもりです。こんなことにならなければ、麻子さんは義妹《いもうと》になるわけだったんですもの」

「彼女がこちらに来たら、よろしく言ってください」

「はい、伝えます」

「それでは、これで失礼します」

伊沢はドアを閉め、車を緩《ゆる》やかに走らせはじめた。

少し走ると、市街地から出た。とたんに、民家が疎《まば》らになった。

国道に通じる県道に入って間もなく、伊沢は尾行の車に気づいた。白のキャデラック・セビルだった。派手なアメリカ車だ。平凡な市民が好んで乗るような車ではない。

尾形組の組員だろう。

伊沢は減速して、バックミラーを見た。

後続車には、ひと目で暴力団員とわかる男たちが乗っていた。運転者を含めて三人だった。揃《そろ》って若い。どの顔にも馴染《なじ》みがなかった。

——おれは信州に来ることを誰にも話してない。奴らは、ずっとおれをマークしてたようだ。あいつらの狙《ねら》いは密談のメモリーにちがいない。命が狙いなら、とっくに襲いかかってきてるはずだ。

伊沢はそう思いながら、一気に加速した。

クラッチを踏み込んで、素早くギアをトップに入れた。

道は空いていた。前走車は見えない。伊沢はアクセルを深く踏んだ。

キャデラック・セビルも、すぐに速度を上げた。たちまち距離が縮まった。

——あのばかでかい車でぶつかってこられたら、この車はひとたまりもないな。どこか脇道《わきみち》に入って、なんとか切り抜けよう。

伊沢はステアリングを操りながら、目で脇道を探しはじめた。両側は畑だった。民家は一軒も見当たらなかった。

追跡車が加速し、対向車線に出た。

どうやら幅寄せする気らしい。伊沢は故意に車をセンターラインに寄せた。キャデラックが後退すると考えたからだ。

しかし、読みは浅かった。逆に大型アメリカ車はスピードを上げた。

二台の車は、ほぼ横一線に並んだ。

伊沢は張り詰めた気分になった。いまにも銃弾を撃ち込まれるような気がした。

だが、男たちは誰も拳銃《けんじゅう》を取り出さない。運転席とリア・シートの男が、にっと笑っただけだった。

そのすぐ後、キャデラック・セビルが不意に幅寄せしてきた。

とっさに伊沢は、ステアリングを大きく左に切った。路肩《ろかた》にタイヤが触れた。

ハンドルを右に回す。すぐに伊沢は小さくふたたび左に切った。わずかに遅かった。

接触音が響いた。車体が揺れた。ボディーとボディーが擦《こす》れ合う。

フィアットは、左の路肩ぎりぎりまで追い込まれていた。

タイヤが路肩に触れるたびに、伊沢はひやりとした。なんとか逃げきりたいが、動きがとれなかった。

伊沢は、アクセルに乗せた右足を徐々に浮かせていった。と、キャデラックも同じようにスピードを緩《ゆる》める。縺《もつ》れ合うようにして走っていると、前方にコンテナトラックが見えた。四トン車だった。

トラックがホーンを高く鳴らした。

キャデラックは加速して、フィアットの前に出た。すぐに速度を落とす。

フィアットは大型アメリカ車のリア・バンパーを舐《な》めていた。上体がのめった。

危《あや》うく伊沢は、胸をステアリングにぶつけそうになった。かなりの衝撃だったが、

フロントグリルは傷《いた》めなかった。

対向のコンテナトラックが風圧を置きざりにして、フルスピードで通り過ぎていった。

その直後、キャデラックが加速した。

大きく右に出て、急停止する。両車線を塞《ふさ》ぐ恰好《かっこう》だった。

伊沢はフィアットをスピンさせ、逆走しはじめた。

キャデラック・セビルが、あたふたとバックする。車体が大きい分だけ、Uターンするのが遅い。逃げきるチャンスだ。伊沢はアクセルを深く踏み込んだ。背中がシートに吸い寄せられる。

だいぶアメリカ車を引き離すことができた。

少し走ると、雑木林に差しかかった。脇道があった。一方通行の道ではなかったが、道幅はかなり狭い。

伊沢はギアをサードに落とした。

ウインカーを点《つ》けずに、急ハンドルで脇道に入った。際どい曲がり方だったが、幸運にも対向車はなかった。

雑木林を貫いている道は未舗装だった。

伊沢はドアミラーに目をやった。

土埃《つちぼこり》の向こうに、キャデラック・セビルの鼻先が見えた。敵の車は数本の樹木を薙《な》ぎ倒して、湯気を吐いていた。ボンネットがひしゃげている。

――うまく曲がれなかったんだな。ざまあみろ！

伊沢は毒づいて、スピードを上げた。

キャデラックは一つの点となり、やがてミラーから消えた。雑木林を走り抜けると、市道に出た。市道は広い県道に繋がっていた。

県道を走っているうちに、夜になった。

伊沢は国道に入ると、ドライブインに車を乗り入れた。急いだところで、東京に戻れるのは深夜だ。そう考え、ひと息入れることにしたのである。

伊沢はフィアットを広い駐車場に駐《と》め、ピロティーの階段を昇った。

ドライブインは高床式になっていた。少女趣味の色濃い建物だった。外壁からドアまで白で統一されていた。屋根と窓枠はブルーだ。

店内は広かった。

一九六〇年代の半ばにヒットしたドアーズのロックが、控え目に流れていた。客は数えるほどしかいない。ウェイトレスたちが所在なげに立っていた。

伊沢は中ほどのテーブル席に坐って、和風ステーキセットを註文《ちゆうもん》した。

煙草を二本喫《す》っても、まだオーダーしたものは運ばれてこない。伊沢は立ち上がって、店のマガジンラックから新聞を抜き取ってきた。

全国紙の社会面を拡《ひろ》げたとき、伊沢は声をあげそうになった。

笹森玲奈が昨夜、マンションの自室で感電自殺を遂げたという記事が載っていたからだ。

〈事業不振を苦に自殺〉

そんな見出しがついていた。

──あの女が自殺なんかするわけがない。玲奈は服部のことを探り出そうとして、尾形に怪しまれたんだろう。詰問《きつもん》されて、玲奈は本当のことを喋ってしまったにちがいない。その結果、自殺に見せかけて殺されることになったんだろう。わずかな間に、村瀬、理沙、小杉、玲奈と四人も……。

伊沢は新聞を小さく折り畳んで、コップの水を一気に飲み干した。

何かが胸に重くのしかかってきた。食欲は失《う》せていた。

2

「いまの音声は何なんだ？」

電話の向こうで、尾形耕次が言った。狼狽《ろうばい》の気配がありありと伝わってくる。

伊沢は、ほくそ笑《え》んだ。尾形の自宅に電話をかけて、密談音声を聴かせたのである。

信州から戻って五日が経《た》っていた。夜だった。

「てめえは何者なんだ？」

「とぼけるなよ。わざわざ名乗らなくても、おれのことはわかってるはずだっ」

「おまえのことなんか、おれは知らん」

「それじゃ、服部の密談音声を公表してもいいんだな」

「誰なんだ、服部って？」

「服部智則だよ、利権屋の。元『殉国民友同盟』のリーダーさ。あんたがメンバーだったこともわかってるんだ」

「………………」

尾形が沈黙した。

「服部が逮捕されれば、あんただって、危《ヤバ》いはずだぜ。村瀬浩一、コールガールの糸居理沙、舎弟頭の小杉、それから『麗女館』のママの死に無関係だとは言わせないぞ」

「何わけのわからんことを言ってやがるんだ。くだらん電話は切るぞ」

「あんたがあくまでも白《しら》を切る気なら、この音声を公表するほかないな。覚醒剤《シャブ》とクラックを早いとこ処分するんだね」

「ちょっと待て！　おい、電話を切るな」

「やっと話を聞く気になったか」

「おれの家に来てくれ。ゆっくりと話を聞こうじゃねえか。おれんとこは、高円寺の……」

「知ってるよ。監視カメラのある大邸宅だろ？　ドーベルマンを三頭飼ってて、部屋住みの若い者《もん》が六、七人いるよな」

「おまえ、おれんとこを下調べしやがったのか」

「ああ、一昨日《おととい》な。ついでに、成城の服部邸も拝見してきたよ。あっちは、もっとガードが固かった。あれじゃ、猫一匹忍び込めないだろう」

「若い者に手出しはさせんよ。車を回すから、こっちに来てくれ」

「ぶっ壊れたキャデラック・セビルになんか乗りたくないね」

伊沢はいったん言葉を切って、すぐにつづけた。

「おれは疑い深い性格でね。それに、ドーベルマンとは相性がよくないんだ。あの獰《どう》猛《もう》な犬を見ると、なぜか蹴《け》り殺したくなる」

「そっちの要求は何なんだ？」

「服部に会いたい。この五日間、毎日、電話で会見を申し入れたんだが、臆病《おくびょう》な秘書が服部に取り次ごうとしなくてね」

「服部さんに会って、どうしようってんだ？」

「差し当たっては、村瀬浩一の思い出話でもするかな。それから、村瀬の親父さんのことも話すつもりだよ。服部から石灰石《せっかい》の鉱脈を発見したときの話も聞きたいな。できたら、天城の別荘で国会議員の先生も紹介してもらいたいね」

「ふざけるなっ。きさまの狙いは何なんだっ」

「服部に、人間の道ってやつを教えてやろうと思ってる。むろん、あんたにも同じ説教をしてやるよ」

「とにかく、会ってくれ。どこでもいい、指定された場所にひとりで出向く。もちろん、丸腰でな」

「尾形さん、おれはガキじゃないんだぜ。わざわざ殺されに行くような真似《まね》はできない」

伊沢は譲らなかった。

「それじゃ、こうしよう。そっちの銀行口座に、三千万円振り込む。それを確認したら、その録音音声のメモリーを書留小包でおれんとこに送ってくれ。それなら、そっちだって安心だろうが」

「尾形さん、人間には二通りのタイプがあるんだよ。わずかな金で魂や自尊心まで売っちまうタイプと、逆に金では決して心を動かさないタイプがね。あいにく、おれは後者なんだよ」

「五千万まで出そう」

「あんた、頭の回転があまりよくないな。おれは、金じゃ動かない人間だって言ったはずだ」

「どうしても取引に応じられないって言うんだな」

「そうだ。おれは、服部とあんたが手錠《ワッパ》をぶちこまれるとこを見たいんでね」

「いい度胸してるな。素人にしとくのが惜しいぜ。最近の若い組員は、どいつも度胸がねえからな」

「社会の屑《くず》に誉《ほ》められても、ちっとも嬉しくない。むしろ、不愉快だな」

「でっかい口をたたけるのも、ほんの二、三日だぜ。いまのうちに、やりたいことをやっとくんだな」

「ついに本性が出たな。おれを殺そうってわけか？」

「ああ、殺《や》ってやる！」

「尾形さん、いまの台詞《せりふ》もちゃんと録音させてもらったぜ」

「き、きさま！」

尾形が歯噛みして、荒々しく電話を切った。

——これだけ挑発しておけば、敵も派手に動きだすだろう。そのとき、決定的な証拠を摑《つか》んでやる。

伊沢は携帯電話から録音アタッチメントを取り外した。テープを再生してみる。尾形耕次との遣《や》り取りは、きれいに録音されていた。

「ちょっと挑発が過ぎたんじゃない？」

まゆみが話しかけてきた。

「あれぐらいが丁度《ちょうど》いいんだ。それより、尾形の娘のことを調べてくれたか？」

「ええ。この三日間、尾形香織をずっと尾行してたから、いろいろわかったわ」

「香織は女子大生だったよな？」

「そう、聖美《せいび》女子大文学部の一年生よ。大学に出かける時刻はその日によって違うけど、毎日、夕方六時までフェンシング部の練習をして、それから帰宅してるわ。きのうは、部の仲間たちとカラオケ店に寄り道したけどね」

「ボディーガードは？」

伊沢は訊いた。

「そういう人はいなかったわ。香織自身が白のスカイライン二〇〇〇GTツインターボを運転して通学してるの」

「贅沢《ぜいたく》な車に乗ってやがるな。新車なら、三百万円以上する車だろ？」

「そうね。新車みたいだったわ」

「フェンシング部の部室や練習場は大学構内にあるのか？」

「部屋は大学構内にあるんだけど、練習場は別なのよ。吉祥寺《きちじょうじ》の東急デパートの裏手にあるの」

「そうか。で、香織の顔かたちの特徴は？」

「そうくるだろうと思ったから、望遠カメラで二、三枚撮っといたわ」

まゆみが仕事机の引き出しを開け、数葉のカラー写真を抓《つま》み出した。彼女は、机の上に香織の写真を横に並べた。

伊沢は立ったまま、数枚の写真を見た。大学の正門から出てくるところやフェンシングの白いユニフォーム姿をレンズは捉《とら》えている。

長いストレートヘアで、顔はレモン型だった。顎《あご》が細く尖《とが》っている。目鼻立ちは整っているが、全体にまだあどけない。体つきも少女っぽかった。

「助かるよ。これで、すぐに尾形香織を捜し出せる」

「やっぱり、香織って子を誘拐するつもり？」

「気持ちは変わってない。ちょっと気が咎《とが》めるが、尾形と服部を誘《おび》き出すための手段としては効果がありそうだからな」

「それをやったら、あなたも犯罪者よ」

「もうとっくに法に触れることをやってる。道徳や法律を気にしてたら、悪党狩りなんかできないさ」

「そうね、敵が敵だものね」

「まともな方法じゃ、奴らを刑務所に送り込むことはできない」

「気をつけてね。わたしは、それだけしか言えないわ」

「きみは、いい女だ。常識的な女だったら、そうは言えないと思うよ」

「そうかな」

「それはそうと、今夜からしばらく二人でホテルに泊まろう。尾形たちは、おれがここにいることを知ってるはずだ。襲われる前に身を隠そう」

「それじゃ、仕度するわ」

まゆみが洋服箪笥《だんす》からアイボリーのトラベルバッグを取り出し、衣類や仕事道具などを手際《てぎわ》よく詰めはじめた。

伊沢は必要なものだけを紙製の手提げ袋の中に投げ込んだ。密談を収めたメモリーと尾形の声の入った録音テープは、まゆみに預けた。

ほどなく二人は部屋を出た。

まゆみのフィアットに乗り込む。伊沢は注意深くあたりに目を配ってみたが、敵の影は見当たらなかった。伊沢は車を発進させた。

二人が落ち着いたのは、渋谷のシティホテルだった。

ホテルは公園通りに面していた。八階の部屋に入ると、まゆみが急に抱きついてきた。

伊沢は彼女を抱きとめ、穏やかに訊いた。

「いきなりしがみついてきて、どうしたんだ?」

「死なないでね。死んじゃ、いやっ」

まゆみが真剣な眼差《まなざ》しで言い、唇を求めてきた。烈《はげ》しい求め方だった。

伊沢は胸がかすかに疼《うず》いた。

――しかし、ここで感傷に負けたら、村瀬は浮かばれない。借りは返さなければならないんだ。

彼は自分に言い聞かせながら、舌を深く絡めた。

熱く長いキスが終わると、まゆみが言った。

「なんだか不安でたまらないの」

「しっかりしろよ。いつものきみらしくないぞ」

「自分でも、ちょっとだらしないと思うわ。でもやっぱり不安だし、とっても怖いの。こんな気持ちになったのは、あなたを失いたくないと思ってるからかもしれないわ」

「いいことすりゃ、不安や恐怖なんか吹っ飛ぶさ」

伊沢はわざと軽薄な口調で言って、両手でまゆみのヒップを揉《も》んだ。すると、まゆみが縋《すが》るような表情で言った。

「お願い、わたしの頭の中を空っぽにして！」

「何も考えられないようにしてやろう」

伊沢は腰を屈《かが》めて、まゆみを肩に担《かつ》ぎ上げた。まゆみの腹の感触が優しい。

そのまま伊沢は、女友達を部屋の奥に運んだ。ツインベッドの部屋だった。

伊沢は、まゆみを浴室側のベッドに寝かせた。ハイヒールを脱がせる。自分も靴を脱ぐ。

まゆみが瞼《まぶた》を閉じた。

伊沢は斜めに覆い被《かぶ》さり、まゆみのシャツブラウスのボタンに手を伸ばした。少し遅れて、まゆみが伊沢のダンガリーシャツのボタンを外《はず》しはじめた。

熱い時間が緩《ゆる》やかに流れていった。

まゆみは狂おしく燃えた。惜しみなく肌を晒《さら》し、奔放《ほんぽう》に振る舞った。

伊沢も熱っぽく応《こた》えた。いつになく、新鮮なセックスだった。

快楽を貪《むさぼ》り尽くすと、まゆみは裸で浴室に向かった。白い背中が汗で光っていた。

伊沢も汗みずくだった。髪の毛まで濡《ぬ》れていた。

シャワーの音が響いてきた。

伊沢は横になったまま、ラークマイルドに火を点《つ》けた。

濃厚な情事の後の一服は、格別にうまかった。できるだけ深く喫う。

煙草の火を揉み消すと、伊沢は滝口の店に電話をした。明日の夕方、尾形の娘を拉《ら》致《ち》しようと持ちかけるつもりだった。

「はい、『オアシス』です」

滝口の声だった。伊沢は、のっけに言った。

「きょう、ちょっと尾形に揺さぶりをかけてみたんだ」

「どんなやり方で？」

「密談音声を電話で聴かせたんだよ。尾形は明らかにうろたえてた。おそらく何か仕掛けてくるだろうから、まゆみと渋谷のTホテルに避難したんだ」

「当分、ホテルにいたほうがよさそうだな」

「そうするつもりだよ」

「伊沢、こうなったら、こっちから先制攻撃をかけようぜ」

滝口が提案した。

そのとき、彼を罵《ののし》る女の声が聞こえてきた。つかさの酔った声だった。

──滝口に女房がいることをうっかり忘れてた。あいつを巻き込むのは、やめよう。

香織はおれ独りで誘拐すればいい。

伊沢は、そう心に決めた。

「悪い！　つかさが、そばで大声で喚《わめ》いてるんだ」

「また、夫婦喧嘩《げんか》か」

「つかさも変わっちまってな。そりゃそうと、いつ先制攻撃をかける？　やっぱり、組長のひとり娘をさらうのがいちばん効果あるだろうな」

「もう少しじっくり考えてみよう。失敗は許されないからな。また、こっちから連絡するよ」

伊沢は急いで電話を切った。

――いがみ合ってても、夫婦は夫婦だ。滝口にもしものことがあったら、つかさだって、半狂乱になるだろう。これでいいんだ。

伊沢はベッドを離れ、浴室に向かった。

3

グラウンドが見えてきた。

かなり広い。フェンスには、聖美女子大学という看板が括《くく》りつけられている。

伊沢はショルダーバッグを揺すり上げて、足を速めた。バッグの中にはＩＣレコーダー、カメラ、ロープ、ガムテープなどが入っている。

伊沢は黒すぐり色の綿パーカの右ポケットに、サバイバル・ナイフを忍ばせていた。刃渡りは二十センチ近かった。ここに来る途中で、買い求めたものだ。

伊沢は練習場の門を潜《くぐ》った。

すぐ左横に、駐車場があった。そこまで歩く。白いスカイライン二〇〇〇ＧＴツインターボが一台駐《と》められている。しかし、それが尾形香織の車とは断定できない。

伊沢は体の向きを変えた。

ドーム型の体育館をめざして歩きだした。途中で、テニスウェア姿の女子学生たちと擦れ違った。誰も怪しまない。

コーチか何かと思われたようだ。伊沢は微苦笑した。

体育館に近づくと、号令や掛け声が響いてきた。

伊沢は濃いサングラスで目許を覆ってから、館内に足を踏み入れた。汗の匂《にお》いと若い女の濃密な体臭が籠っていた。むせそうになった。館内を眺め回す。

すぐそばで、十数人の女子大生が器械体操をしていた。

全員、レオタード姿だった。瑞々《みずみず》しい肢体が眩《まばゆ》い。

その向こう側で、八、九人のフェンシング部員が一列に並び、基本練習をしていた。揃って白いユニフォームを身につけている。丈の短いジャケットに、下は膝下《ひざした》までのパンツだ。裾《すそ》はきつく絞られている。白い長靴下が清潔感を与えた。

「前進《マルシエ》！」

キャプテンらしい女が号令をかけると、部員たちが細身の剣を突き出して前方に跳《と》ぶように踏み込む。

「後退《ロンペ》！」

すぐさま、次の号令がかかった。部員たちは一斉に後方に跳《と》びすさる。

それの繰り返しだった。部員たちはみな、マスクをつけていた。そのせいで、顔はよく見えない。

──マスクを取ってくれるといいんだがな。

伊沢は胸底で呟《つぶや》いた。

そのとき、主将らしい学生が叱声《しっせい》を張りあげた。

「尾形さん、剣が伸びきってないわよ！」

「はい、気をつけます」

香織と思われる部員が、きびきびとした声で応じた。

──あの子が尾形香織だな。

伊沢は体育館を出て、門に足を向けた。

表に出る。伊沢は、金網越しにバレーボールの練習を眺めはじめた。時間潰《つぶ》しだった。

やがて、六時になった。

伊沢は門の前に戻った。いつしか夕闇《ゆうやみ》が拡《ひろ》がっていた。煙草を喫いながら、香織を待つ。

白いスカイラインが門から滑り出てきたのは、十分ほど経ってからだった。

伊沢は地を蹴《け》った。

車の前に立ちはだかる。スカイラインが急停止した。車体が弾むように揺れた。

運転席のパワーウインドーが下がり、写真の娘が顔を突き出した。

「危ないじゃないのっ」

「すみません。尾形香織さんですね？」

伊沢は車に走り寄って、早口で確かめた。

「そうだけど、おたくは誰なの？」

「お父さんの知り合いです。あなたのお母さんが交通事故に遭われて、三鷹《みたか》の病院に担ぎ込まれたんですよ」

「えっ、ママが⁉」

「現在、意識不明です。すぐあなたを病院にお連れするようにとお父さんに頼まれたんですよ。助手席のドア・ロックを外してください。わたしが病院にご案内しますので」

「う、うん」

香織が体を傾けて、助手席側のドアに腕を伸ばした。

伊沢はスカイラインの助手席に乗り込んだ。

ドアを閉めると、香織が車を急発進させた。伊沢は、綿パーカの右ポケットに手を入れた。素早くサバイバル・ナイフの革鞘《かわざや》を払う。

香織は前方に気を奪われていて、いっこうに気づかない。

伊沢はほくそ笑《え》み、ナイフの刃先を香織の脇腹に突きつけた。香織が喉《のど》の奥を鳴らした。

すぐさま彼女はブレーキペダルを踏み込もうとした。伊沢は濃緑《こみどり》のプリント柄のトレーナーに刃先を喰《く》い込ませて、低い声で命じた。

「このまま走るんだ。車を停《と》めたら、刺すぞ」

「あんた、何よ。誰なのっ」

「組長の娘だけあって、なかなか鼻っ柱が強いな」

「何なのよ、これ？　誘拐なの⁉」

「黙って加速しろ」

「何よ、偉そうに！」

車の速度は変わらなかった。

「逆らうと、痛い思いをすることになるぜ」

「わかったわよ」

蓮《はす》っ葉《ぱ》に言って、香織が急に加速した。

「車を八王子《はちおうじ》に向けろ」

「わたしをどうしようっていうのよっ」

「何もしやしない、きみにはな。きみは、ただの人質さ」

「パパを強請《ゆす》るつもりなのね！」

「さあな」

「パパからお金を強請り取ろうとしたって、絶対に無理よ。反対に、あんたがやっつけられるだけだわ」

「余計なお喋りはするなっ」

伊沢は一喝《いっかつ》した。香織が口を噤《つぐ》んだ。

数分後、車は吉祥寺の駅前に出た。中央線の高架沿いに八王子に向かわせた。香織は諦《あきら》めたのか、もうスカイラインの速度を落とさなかった。

八王子に入ると、伊沢は車を市内のモーテルに乗り入れさせた。そのあたりは丘《きゅう》陵《りょう》地だった。畑と林があるだけで、民家は見当たらない。

モーテルは一棟ずつ独立していた。

フロントで部屋のキーを受け取り、八号棟のガレージに入る。建物は山小屋ふうの造りだった。

背後でシャッターが閉まると、伊沢は車のイグニッションキーを抜き取った。それを綿パーカのポケットに落とし込み、彼は香織に言った。

「降りるんだ」

「わたしには何もしないって言ったでしょ！」

「おかしなことはしないから、安心しろ」

「いやよ、降りないからねっ」

香織がステアリングにしがみついた。伊沢は無言で、寝かせたサバイバル・ナイフを香織の頬《ほお》に密着させた。

「そんな脅し、怖くないわっ」

「突っ張ってると、損だぜ」

伊沢は、香織の長い髪をひと束掴んだ。香織が暴《あば》れた。

「な、何するのよ！」

「降りないと、髪の毛をザンバラにするぞ」

伊沢はナイフを束ねた髪に当てた。同時に、香織がステアリングから両手を離した。

香織の髪から手を離し、伊沢は先に車を降りた。

素早く車の前を回り込んで、運転席側のドアを開ける。香織は降りようとしない。

伊沢は彼女の右手首を掴み、強引に引きずり降ろした。

ナイフをちらつかせて、螺旋《らせん》階段を昇らせた。部屋に押し込むと、すぐにドアをロックした。

部屋は十四、五畳の広さだった。

中央に真珠貝を模《も》したベッドがあり、その真上の天井には鏡が貼られている。カーペットは真紅で、壁紙の色はインディゴ・ブルーだった。なんとも落ち着かない配色だ。

ビデオカメラと大型テレビもあった。

その近くに、特殊な避妊具や性具の自動販売機が置かれている。浴室の仕切り壁は、オレンジ色の強化ガラスだった。ベッドの位置からだと、内部が透《す》けて見える。

「裸になってくれ」

伊沢は、真っ黒いラブチェアに腰を下ろした香織に言った。香織が弾《はじ》かれたように立ち上がって、大声で喚《わめ》いた。

「そんなの、約束が違うじゃないっ」

「体には触れない。ここから逃げられないようにするだけだ」

伊沢は言った。

「ほんとね？」

「ああ」

「脱ぐわよ、脱げばいいんでしょ！」

香織が後ろ向きになって、トレーナーを脱いだ。ブラジャーを外し、生成《きな》りのパンツも足許に落とす。ちょっとためらってから、香織は花柄のビキニショーツを腰から剝《は》がした。

伊沢は声をかけた。

「後ろ向きじゃ、話がしにくいな」

「スケベ！」

香織が憎々しげに叫んで、体の向きを変えた。

乳房は、まだ充分に育ちきっていなかった。乳首も小振りだ。腰にも、あまり肉はついていない。

そのくせ、股間《こかん》の繁《しげ》みは濃かった。猛々《たけだけ》しいほどだった。肌の色は白いほうではなかった。救いは、へその形がいいことだ。

「親父《おやじ》さんに電話するから、こっちに来い」

伊沢は手招きをした。

香織が胸と飾り毛を手で隠しながら、ゆっくりと歩み寄ってきた。汗の匂いがした。

練習の後、シャワーを浴びなかったのだろう。

伊沢は、香織に自宅に電話をさせた。最初に0を押せば、そのまま外線もかけられる電話機だった。

尾形は家にいなかった。

事務所にいるという話だった。伊沢は自分でボタンを押した。受話器を取ったのは、若い男だった。

「組長を出してくれ」

伊沢は言った。

「誰です、あんた？」

「いいから、早く尾形と替われっ」

「なんだ、てめえは！」

相手が気色《けしき》ばんだ。伊沢は低く命じた。

「香織って娘を預かってるって、組長に言え」

「ほ、ほんとなのか⁉」

男の声が遠ざかった。一分ほど待つと、尾形の声が響いてきた。

「てめえ、伊沢だなっ」

「娘を押さえたぜ。おれのそばで、素っ裸で震えてるよ」

「でたらめ言うんじゃねえ」

「待ってろ。いま、娘の声を聴かせてやるから」

伊沢は言って、受話器を香織に渡した。

「パパ、助けて！　うん、ほんとに誘拐されたの。そう、裸にされて……」

香織にそこまで喋らせて、伊沢は受話器を奪い取った。

「尾形、こっちの要求を言うぞ。今夜中に服部と会えるよう手配しろ」

「急にそんなこと言われても無理だ。服部さんが東京にいるかどうかもわからねえんだから」

「すぐに捜し出せ。三十分後に、また連絡する」

伊沢は一方的に電話を切った。すると、香織が訊いた。

「服部って、誰なの？　パパの友達？」

「友達じゃなく、ボスだよ。そいつに命じられて、きみの父親は四人の人間を組員に殺させた疑いが濃いんだ」

「そんな話、信じられないわ」

「娘としてはそう思いたいだろうが、嘘《うそ》なんかじゃない」

「パパたちをどうするつもりなの？」

「それなりの裁きを受けさせるだけだ。殺しゃしないよ」

伊沢はそう言って、ベッドに腰かけた。

「パパを見逃してくれたら、わたし、体をあげてもいいわ」

「親思いの娘なんだな」

「だって、わたしにはすっごくいいパパだもん。信じられないかもしれないけど、わたし、まだバージンよ」

「きみが思ってるほど、バージンなんて値打ちのあるものじゃないんだ」

伊沢は突き放すように言った。香織が頬を膨らませ、その場にしゃがみ込む。膝を抱えて、黙り込んでしまった。

二人は、そのまま言葉を交わさなかった。

三十分が経過したころ、伊沢はふたたび尾形組の事務所に電話をかけた。受話器を取ったのは、当の尾形組長だった。

「おれだよ。服部に連絡ついたのか？」

伊沢は問いかけた。

「ああ。服部さんは、どこにでも行くと言ってくれた。どこに行けばいい？」

「服部は明日、会うことにしよう。とりあえず、あんたも人質になってもらおう」

「話が違うじゃねえかっ」

「気が変わったのさ。あんたに電話させて、おれが直《じか》に服部と話す。で、記者会見場を決める」

「記者会見だって⁉」

尾形の声が裏返った。

「そうだ。報道陣の前で、服部とあんたにこれまでのことを喋ってもらう。あんたが人質になれば、服部も観念するだろう」

「くそっ」

「おとなしく人質にならないと、娘の命は保証しないぜ」

「わかった。おれも人質になろう。それで、場所はどこなんでえ？」

「八王子の『パラダイス』ってモーテルにいる。フロントには、あんたが来ることを言っておく」

伊沢は、モーテルの正確な場所を教えた。ややあって、尾形が凄《すご》んだ。

「必ず行くから、香織には指一本触れるんじゃねえぞ」

「物騒な物は持ってくるなよ」

「わかってらあ」

「ここは八号棟だ。着いたら、部屋のドアを三回叩《たた》け。それじゃ、なるべく早く来い」

伊沢は電話を切ると、腕時計を見た。八時五分前だった。

「パパまで人質にするなんて、ひどすぎるわ」

香織が抗議口調で言った。

「きみの父親は、もっとひどいことをしたんだ」

「それにしたって……」

「人質は黙ってたほうが身のためだぜ」

伊沢は目を細めた。香織が下を向いた。

重苦しい静寂《せいじゃく》が室内を支配しはじめた。

伊沢は、ひっきりなしに煙草を喫った。喉が渇《かわ》いていた。

冷蔵庫のビールを飲みたかったが、ぐっと我慢した。アルコールで不覚をとることを恐れたのだ。神経も筋肉も研《と》ぎ澄ました状態にしておきたかった。

四十五分が過ぎたころ、伊沢は立ち上がった。

ベッドの上に置いたショルダーバッグを開ける。

伊沢はロープを摑み出し、香織の両手を前で縛った。口は、ガムテープで塞《ふさ》ぐ。裸の香織に自分の綿パーカを着せ、ファスナーを閉めた。裸身が隠れた。

「いったん表に出るんだ」

伊沢はナイフで香織を威《おど》しながら、下のガレージに降りた。電源を切ると、シャッターはたやすく手で押し上げることができた。

外に走り出て、前の棟の暗がりに身を潜《ひそ》めた。夜気は、わずかに冷たかった。
十五、六分待つと、ヘッドライトの白っぽい光が八号棟の外壁を掃《は》いた。
アプローチに、黒塗りのベンツが見えた。四五〇ＳＥＬだった。安くない車だ。

「組長の車だな？」

サバイバル・ナイフを香織の首筋に寄り添わせて、伊沢は小声で訊いた。

香織が無言でうなずく。ベンツ四五〇ＳＥＬが近づいてきた。

伊沢は、車の中を透かして見た。四十八、九歳の肩幅の広い男がステアリングを握っている。ひとりだった。

「父親か？」

伊沢は確かめた。香織が二度顎《あご》を引いた。

ベンツが停まった。

八号棟の真ん前だった。シャッターがゆっくりと上がっていく。ガレージのスカイラインが見えた。

尾形耕次が車を降りた。

小柄だった。百六十センチもないだろう。上半身だけが発達している。

左右を見てから、尾形はガレージに足を向けた。伊沢は気持ちを引き締めた。尾形が懐《ふところ》から何か摑み出した。自動拳銃だった。

やはり、思った通りだ。

伊沢はにやりとして、香織に言った。

「騒いだら、刺すからな。できるだけ静かに歩け」

「…………」

香織がうなずいた。

伊沢は香織を促《うなが》し、抜き足で歩きだした。裸足《はだし》の香織は、ほとんど足音をたてなかった。

尾形がガレージの手前で立ち止まった。

伊沢は香織の手を取って、勢いよく走りだした。尾形が体ごと振り返る。拳銃を構えたが、すぐに銃口を下げた。

「こんなことだろうと思って、表で待ち伏せしてたのさ」

伊沢はナイフを握り直した。

「てめえが伊沢か。まだ若造じゃねえか」

「ご挨拶だな。尾形、拳銃をこっちに寄越《よこ》せ！　妙な真似をしたら、娘の頸動脈《けいどうみゃく》を掻《か》っ切るぞ」

「ちっ」

尾形が舌打ちして、自動拳銃を差し出した。伊沢は、それを奪い取った。スミス＆ウェッソンM459だった。フレームは、アルミニウム合金で作られている。

この拳銃《ハンドガン》なら、ロスの射撃場《シューティング・レンジ》で試射したことがある。ダブルコラム・マガジンには、九ミリのパラベラム弾が十四発装弾できるはずだ。

伊沢は拳銃とナイフで脅しながら、尾形父娘《おやこ》をガレージの上の部屋に押し上げた。

ドアをロックすると、彼は左手に持った拳銃をベルトの下に挟んだ。拳銃をやたらにぶっぱなすわけにはいかない。モーテルの従業員に銃声を聞かれたら、すぐに一一

○番されるだろう。

「ズボンとパンツを脱げ！」

伊沢は尾形組長に言った。

「てめえ、何を考えてやがるんだっ」

「丸腰で来なかったから、少々、お仕置きをな」

「この小僧っ子が！」

尾形が忌々《いまいま》しげに吼《ほ》えた。

伊沢は香織に着せた綿パーカを剝ぎ取った。全裸で手を縛られている娘を見て、尾形が驚きの声をあげた。

「言われた通りにしないと、あんたの娘の乳首をナイフで刎《は》ねることになる」

伊沢は香織の乳房を鷲掴《わしづか》みにして、尾形に言った。

「やめろ、娘には手を出すな。いま、脱ぐよ」

尾形が、あたふたとズボンとブリーフを脱ぎ捨てた。黒ずんだ性器は、だらりと垂れ下がっている。陰毛は半分近く白かった。香織が顔を背《そむ》けた。

「人質はおれだけで充分だろうがっ。香織は家に帰してやってくれ」

「あんたのような悪党《ワル》でも、わが子はかわいいらしいな」

「香織を自由にしてくれるんだったら、おれは何でも言うことを聞く」

「へえ、何でもねえ。それじゃ、娘の前にひざまずけ！」

「てめえ、何をやらせる気なんだっ」

「いいから、おれの言う通りにしろ！」

伊沢は香織のうずまっている乳首を抓《つま》み起こして、ナイフの切っ先を当てた。香織が、くぐもった悲鳴を洩《も》らした。

「やめろ、やめてくれっ」

尾形が顔を引き攣《つ》らせて、娘の前に両膝をついた。伊沢は左手で拳銃を抜き、尾形の耳の上に銃口を押しつけた。

「かわいい娘に、クンニの快感を教えてやれよ」

「な、なんだと⁉　それでも、きさまは人間なのかっ」

「娘のためだったら、何でも言うことを聞くと言っただろうが！」

「てめえは狂ってる」

「舐《な》めなきゃ、引き金を絞るだけだ」

「おれを殺せ！　殺しやがれ！」

尾形が喚《わめ》きながら、すっくと立ち上がった。伊沢はスミス&ウェッソンM459の銃《じゅう》把《は》で、尾形の頬を殴りつけた。肉と骨が鳴った。

尾形がよろけた。

壁にぶつかって、その反動で床に倒れた。頬の肉が裂け、血の糸が這《は》いはじめた。

「約束を破ったお仕置きは、これぐらいにしてやろう。ただし、これからの質問に正直に答えなかったら、ほんとに近親相姦《そうかん》させるぞ」

「て、てめえ！」

「まだ、お仕置きが足りないようだな」

伊沢は言うなり、足を飛ばした。空気が揺れた。アンクルブーツの先が深く埋まった。

尾形が胃のあたりを押さえて、横に転がった。

香織が父親に走り寄って、不自由な手で必死に抱き起こそうとする。

尾形は自分で上体を起こした。口の端から、胃液らしいものが垂れていた。

「うるわしい光景だな。尾形、よく聞け。捨て身になった堅気をなめないことだな。場合によっては素人だって、獣《けだもの》にも鬼にもなるんだっ」

「…………」

「それじゃ、質問するぞ。あんたは、ちゃんと服部に連絡したのか？」

「あちこち電話はしたんだが、服部さんは捕まらなかったんだ」

「つまり、おれを騙《だま》したわけだな？」

「おれは、なんとしてでも香織を救い出したかったんだ。そのこと、わかってくれ！」

「身内には人間的な感情を持ってても、他人には冷酷だな。あんたは、平気で村瀬たちを殺させたんだからなっ」

「おれは誰にも殺《や》らせちゃいない」

「娘の前では、善人ぶりたいわけか」

「そうじゃねえ。おれは、ほんとに誰も……」

「あんた、おれを怒らせたいようだな」

伊沢は薄く笑って、尾形の喉のあたりを蹴り上げた。尾形が凄《すさ》まじい声をあげ、後方に引っくり返った。喉を押さえて、転げ回りはじめた。

伊沢は踏み込んで、今度は尾形の腰を蹴り上げた。

鈍い音がした。尾形は獣じみた唸《うな》り声を放って、体を丸めた。

そのときだった。

部屋の電話が鳴った。伊沢は拳銃を香織に向けながら、電話機に走り寄った。

受話器を取ると、中年の女の声がした。

「フロントですけど、ベンツを動かしてもらえませんか。ほかのお客さんから、通り抜けられないって苦情があったんですよ」

「わかりました。すぐに動かします」

伊沢は電話を切ると、まずロープで香織の両足首を縛った。次に彼は、尾形の手足をきつく括《くく》りつけた。口には、ガムテープを貼った。

二人を床に突き転がすと、伊沢は部屋を走り出た。

すぐに拳銃をベルトに挟んだ。ナイフだけを握って、階段を駆け降りる。ベンツのキーは車につけたままのはずだ。

伊沢はガレージを出て、ベンツに駆け寄った。

運転席のドアを開けたときだった。

何かが爆《は》ぜる音がした。次の瞬間、伊沢は左肩に痛みを感じた。左の膝が自然に折れた。銃弾を撃ち込まれたようだ。

しかし、痛みはそれほど強くない。出血も少なかった。銃声は聞こえなかった。

体が揺れた。

手から、サバイバル・ナイフが零《こぼ》れ落ちた。足許でアスファルトが冷たい音をたてた。全身が痺《しび》れはじめた。

伊沢は黒いベンツのドアにしがみついた。

目が回って、立っていられない。手脚《てあし》の力が萎《な》えていく。踏んばってみたが、足腰に力が入らなかった。どうやら麻酔銃を撃たれたらしい。

伊沢は崩れるように倒れた。

揺れる視界に、二つの人影が映じた。秋月と相馬だった。

「しぶとい野郎だ」

尾形組の代貸が嘲笑し、二発目を放ってきた。

腹のどこかに当たった。腰の拳銃に手をかけたとき、伊沢は意識を失った。

4

体が弾《はず》んだ。

その拍子に、伊沢は意識を取り戻した。瞼を開く。何も見えなかった。

息苦しい。頭から、すっぽりと黒い袋を被《かぶ》せられていた。

手の自由も利かない。

後ろ手に縛られていた。感触から察すると、麻縄のようだ。下から、エンジンの唸《うな》りが響いてくる。ベルトに挟んだ拳銃はなくなっていた。

車の後部座席に転がされているにちがいない。

伊沢は確信を深めた。

サスペンションが硬い。４ＷＤのジープか、ランドクルーザーに乗せられているらしい。車内には、煙草の匂いが籠っていた。

助手席にも人の気配がする。伊沢は息を殺して、神経を耳に集めた。

「兄貴、後ろの野郎はおれに殺《や》らせてくださいよね」

助手席で、男の声がした。相馬だった。

「その腕じゃ、また失敗《ドジ》踏むぜ」

運転席にいるのは、どうやら代貸の秋月のようだ。パンチパーマの男である。

「なあに、大丈夫でさあ。今度は、きっちり決着《オトシマエ》をつけますよ」

「伊沢って野郎をどうするかは、まだ組長《オヤジ》も決めかねてるようなんだ」

「さっさとぶっ殺しちゃえばいいのに」

「おそらく組長は服部さんに相談してから、野郎の処分を決めるつもりなんだろう」

「そうでしょうね、こっちに来たんだから」

「ああ」

会話が途切れた。

少し経つと、揺れが激しくなった。

エンジン音も高い。どうやら車は丘陵地か、山道に差しかかったらしい。

──車は天城高原に向かってるんだな。服部の別荘で、おれを殺す気なんだろう。

さすがに伊沢は恐怖を覚えた。しかし、ピンチとチャンスはいつも背中合わせだ。

伊沢は、楽観的に考えることにした。

「一度でいいから、サロンのパーティーで遊んでみてえな」

秋月が言った。

「ほんとですね。あんなふうに女を奴隷みたいに扱えたら、スカッとするだろうな」

「ああ」

「今夜もパーティーやってますかね？」

「やってるだろう。きょうは土曜日だからな」

「また、こっそり覗《のぞ》いてみましょうや」

「そうだな」

男たちは、ふたたび黙り込んだ。

——なんとか麻縄をほどかなければな。

伊沢は両手首に力を漲《みなぎ》らせた。しかし、縛《いまし》めは少しも緩《ゆる》まなかった。深く肌を噛《か》んだままだ。

車は幾度もカーブを切り、やがて砂利《じやり》道に入った。服部の別荘に到着したのだろうか。

ほどなく車が停まった。

伊沢は体を静止させた。息も詰める。

男たちが外に出た。後部座席のドアが開けられた。両側だ。樹々《きぎ》のざわめきが聞こえた。夜気は、ひんやりとしている。

「おい、こら！」

相馬が怒鳴って、伊沢の腰を拳《こぶし》で叩いた。

伊沢は身じろぎしなかった。

「まだ麻酔薬が効《き》いてるんだろう」

秋月の声がした。

「そうみたいっすね」

「猛獣用の麻酔弾を三発喰《く》らわせてやったから、もう少し目を覚まさねえかもしれねえぞ」

「それじゃ、おれ、こいつを引きずり下ろします」

相馬が伊沢の両足首を摑んで、手荒く引っ張った。砂利の上に叩き落とされる。思わず伊沢は、小さく呻《うめ》いてしまった。

「兄貴、この野郎、意識が戻ってますぜ」

相馬が言って、足を飛ばしてきた。

蹴りは伊沢の脇腹に入った。肉と内臓が熱くなった。伊沢は痛みを堪《こら》えて、上体を起こした。

その瞬間、強烈なキックが右胸を抉《えぐ》った。

自分の体が達磨《だるま》のように後ろに転がるのを、伊沢は感じた。砂利に、後頭部をしたたか打ちつけた。すぐに伊沢は乱暴に摑み起こされた。

胃のあたりに、パンチを見舞われた。たいしたパンチではなかった。

伊沢は、やみくもに右足を飛ばした。風を切る音が聞こえた。

近くで、相馬が呻いた。キックは相馬の太股《ふともも》に当たったようだ。

すかさず伊沢は、回し蹴りをくれた。空気が揺らぐ。また、ヒットした。

相馬が転がった。砂利が鳴った。波の音に似た音だった。

後ろで、足音がした。

秋月だろう。伊沢は体を反転させた。前から、秋月が組みついてくる気配を感じた。

素早く伊沢は横に跳んだ。

タックルを躱《かわ》す要領だった。すぐに伊沢は右足を泳がせた。風が巻き起こった。だが、当たらなかった。

伊沢は顔面を殴られた。割に重いパンチだった。

体が少しぐらついたが、かまわず伊沢は足を飛ばした。蹴りは相手の腰に当たった。

そのとき、後ろから抱きつかれた。

相馬だろう。伊沢は腰を捻《ひね》った。しかし、相手は離れない。

前からパンチが繰り出された。伊沢は顎と腹を打たれた。無駄のないダブルパンチだった。体が操り人形のように、ぎくしゃくと揺れた。

体をまっすぐに立て直したとき、眉間《みけん》を殴られた。ストレートパンチだった。

鼻腔《びこう》の奥がしんと冷えた。すぐに生温《なまあたた》かいものが滑り出てきた。鼻血だった。

伊沢は必死に両足で応戦した。

しかし、長くはつづかなかった。股間《こかん》を七、八回蹴られると、膝が折れた。

「世話を焼かせるんじゃねえよ」

秋月が言った。息が弾んでいた。後ろで、相馬も何か悪態をついた。

伊沢は摑み起こされ、別荘の中に連れ込まれた。

奥から、女の嬌声《きょうせい》と悲鳴が聞こえてきた。男たちの高笑いやはしゃぎ声もする。怒声も届いた。

伊沢は、長い廊下を歩かされた。

建物はだいぶ大きいようだ。階下だけでも、かなりの部屋数がありそうだった。

「止まれ！　ここだ」

秋月が言って、立ち止まった。伊沢は足を止めた。

「伊沢を連れてまいりました」

秋月がドアをノックして、そう告げた。

重々しい返事があった。中年男の声だった。伊沢は背中を押されて、部屋の中に入った。

「目隠しを取ってやれ」

聞き覚えのある声が言った。尾形耕次だった。

黒い袋が取り除かれた。

一瞬、伊沢は瞳孔《どうこう》に痛みを覚えた。じきに目は、部屋の明るさに馴《な》れた。

正面にロマンスグレイの男がいた。ふかふかのソファに腰かけ、葉巻をくわえていた。スーツ姿だった。淡い色合の背広は、いかにも仕立てがよさそうだ。

服部だろう。

伊沢は直感でそう思った。男のかたわらには、尾形組長が立っている。

「よく来てくれたね。待ってたよ」

銀髪の男が口を開いた。顔立ちは柔和《にゅうわ》だが、その目は鋭かった。ぬめりを帯びた薄い唇が酷薄《こくはく》そうだ。

「服部智則だな？」

伊沢は問いかけた。

「わたしを呼び捨てにするとは、たいした男だ」

「あんたが尾形にやらせたことは、みんな、わかってる。あんたと現職の国会議員との密談音声は、もうマスコミ関係者に渡ってる。いいかげんに観念したほうがいいな」

「くっくく。日東テレビの報道部長は近々、左遷《させん》されることになるだろう。あそこの会長は、昔からのゴルフ仲間なんだよ」

「手を回して、密談のメモリーを押さえたんだなっ」

「メモリーは、もう焼却したよ」

服部が余裕たっぷりに言った。

「安心するのは、まだ早いぜ。あんたが手に入れたのは、複製なんだ。メモリーは、ちゃんとある所に保管してある」

「それも回収済みさ。それから、きみと尾形の遣り取りを収録したやつもいただいたよ」

「まさか渋谷のTホテルに……」

伊沢は、全身の血が凍った気がした。

「きみの女友達もご招待したんだ。確か朝比奈まゆみさんだったかな?」

「まゆみは、どこにいるんだっ」

「地下牢《ちかろう》に閉じ込めてある、裸にしてな。なかなかセクシーな体をしてるじゃないか」

「なんて卑劣な男なんだ!」

伊沢は憤《いきどお》りで全身を震わせた。服部が薄く笑った。

「都合の悪い人間は抹殺《まっさつ》するのが、昔からのわたしの流儀なんだよ」

「くそっ」

伊沢は服部に走り寄ろうとした。だが、遅かった。秋月と相馬が、同時に伊沢の腕を片方ずつ摑んだ。どちらも匕首《あいくち》を握っていた。

「村瀬浩一も、わたしには邪魔な人間だったわけだ。彼は猟犬のようにわたしの裏の仕事を嗅《か》ぎ回って、若い命を落としてしまった」

服部が葉巻を指先で弄《もてあそ》びながら、残忍そうな顔つきで言った。

「村瀬は、あんたに復讐するつもりだったんだ。親父さんのことでな」

「それは、すぐにわかったよ。親の仇《かたき》を討《う》とうなんて、愚かなことだ。時代錯誤も甚《はなは》だしいよ。そうは思わんかね？」

「あんたに村瀬の気持ちがわかってたまるかっ」

「わからんね、わたしには。しかし、敵ながら、彼はあっぱれだった。村瀬浩一は高校時代の後輩の板前を抱き込んで、紀尾井町《きおいちょう》の料亭での密談を録音させたんだ。それだけではなく、彼は覚醒剤《シャブ》のほうまで嗅ぎつけた」

「覚醒剤は、尾形が扱ってたんじゃなかったのか」

「尾形は単なる使い走りさ。わたしが石垣島沖で、台湾の麻薬ブローカーから買い付けてるんだよ。いわゆる船上取引ってやつだ」

「村瀬は、その事実を摑んだんだな？」

伊沢は確かめた。

「そういうことだよ。彼は沖縄の漁船をチャーターして、望遠カメラで船上取引の証拠写真を撮ったんだ」

「そうだったのか」

「その上、あの小僧はわたしが買い付けた覚醒剤の陸揚げルートまで調べ上げてた」

「どうせ漁船に積み換えて、本州の漁港から陸揚げしてるんだろ？　麻薬は魚の腹かどこかに隠してな」

「素人は、すぐそう考える。ところが、違うんだな」

「どう違うんだ？」

「いったん荷を鹿児島の屋久島《やくしま》に陸揚げして、それを屋久島ポンカンの段ボール箱の底に小分けにして入れるんだよ。もちろん、ポンカンを上に載っけて、カムフラージュしてな。そいつを船便で名古屋港に運び、後はトラックであちこちに卸《おろ》すわけだ」

「参考までに教えてくれ。一回の取引で、どのくらいの量を買い付けるんだ？」

「最低二百五十キロだね。末端価格にして、四百数十億円だ。もっとも卸値は、ぐっと安くなるがね。それでも、けっこうボロい商売でな」

服部が歪《いびつ》な笑みを浮かべた。

「村瀬は、どこかで荷の一部を押さえたんだな？」

「そうだ。名古屋港で、運び屋のひとりが荷を一つトラックに積み忘れたんだよ。村瀬浩一は、それを持ち去ったんだ。そいつが巡《めぐ》り巡って、きみの手に渡ったわけさ」

「村瀬は、あんたにどんな要求をしたんだ？」

「ばかげた要求だったよ。彼はわたしに『親父の墓の前で土下座して、警察に自首しろ』なんて電話で言ってきたんだ。そのとき、あの小僧っ子は、わたしの弱みをちらつかせた」

「それで、村瀬を消す気になったんだな？」

「ああ、その通りだ。尾形に村瀬浩一を殺《や》るよう指示したのさ。殺り方や場所は、尾形に任せた」

「そうか」

伊沢は短く応じて、尾形に問いかけた。

「直接、手を下《くだ》したのは小杉だな？」

「そうだよ」

「あの晩、村瀬やおれが六本木のラブホテルにいることが、どうしてわかったんだ？」

「ふっふっふ。灯台下《もと》暗し、だな」

尾形が意味ありげに笑った。

「それ、どういう意味なんだっ。おれの知ってる奴が情報を流してたのか？」

「まあな。そいつが、車で小杉を轢《ひ》き殺したんだ。小杉は少々、口が軽かったんでね。村瀬や理沙を殺《や》ったことを警察で喋られたら、危《ヤバ》いことになる」

「小杉を殺したおれの知り合いっていうのは、いったい誰なんだ？」

伊沢の脳裏を、滝口の顔が鳥影のように掠《かす》めた。自分とまゆみが渋谷のTホテルに移ったことは、滝口しか知らない。

「知らないほうがいいんじゃねえか、そういうことは」

「もしかしたら、滝口じゃないのか？」

「さあ、どうかねえ」

尾形は、答えをはぐらかした。それ以上、明かす気はないのだろう。伊沢は別の質問をした。

「笹森玲奈を自殺に見せかけて感電死させたのも、あんたたちの仕業なんだろっ」

「新聞にゃ、自殺と出てたぜ」

尾形がそう言って、にやついた。

「とぼけるな。どいつがママを殺《や》ったんだ？」

「教えてやろう。玲奈を殺ったのは、そこにいる秋月と相馬だよ。命令したのは、むろん、このおれだ」

「やっぱり、あんたが殺《や》らせたのか」

「まあな。玲奈が服部さんのことを根掘り葉掘り訊くんで、おれはピーンときたわけさ。ちょっと玲奈を痛めつけたら、あの女はおまえに妙な写真を撮られたことを白状したよ」

「で、消す気になったんだなっ」

「そういうことだ。ついでに教えてやろう。村瀬浩一の婚約者をレイプしたのは、相馬たち組の若い連中だよ」

「そのことは知っている。こいつを痛めつけて、吐かせたからな」

伊沢は相馬を横目で見ながら、尾形に言った。

「そうか、そうだったな」

「おれをどうする気なんだっ」

「当然、死んでもらうさ。後で朝比奈まゆみとかいう女と一緒に、ライオンの檻《おり》の中に放り込んでやらあ」

「まゆみは関係ないじゃないかっ。彼女は自由にしてやってくれ」

「そうはいかねえ。生かしといちゃ、秘密が洩《も》れるからな」

「ちくしょう！」

「おまえを少しずつ苦しめながら、殺してやりてえのよ。モーテルで、さんざんコケにされたからな。しかし、おれたちは忙しいんだ。これから、お客さん方と深夜のクルージングを愉《たの》しむことになってる」

「お客さん？」

「あの方たちだ」

尾形は好色そうな笑いを浮かべると、不意に壁に掛かった大きなタペストリーを剝《は》ぎ落とした。壁には、マジックミラーが嵌《は》め込まれていた。畳二枚ほどの大きさだった。

鏡の向こうの広いサロンでは、異様な宴《うたげ》が繰《く》り広げられていた。十二、三人の裸の男女が痴戯《ちぎ》に耽《ふけ》っている。娯《たの》しんでいるのは、もっぱら男たちだった。

青い目をした若い白人の女が火の点いた花火を肛門《こうもん》に挿し込まれて、四つん這《ば》いで逃げ回っていた。その首は太い鎖で繋がれている。金髪の女を追い立てているのは、初老のでっぷりと太った男だった。どこかで見た顔だ。よく見ると、高名な政治評論家だった。

その近くで、肌の浅黒い女が青竹で叩かれていた。

なんとジュディだった。彼女のはざまには、幾本かの針金が喰い込んでいた。内腿は血で斑《まだら》に染まっている。

木製の十字架に磔《はりつけ》にされている女は、日本人だろう。その女の肌をフォークで突《つつ》いているのは、歌舞伎《かぶき》役者だった。若い女形《おやま》である。

その向こうで、金属鋲《びょう》のついた鞭《むち》を振り回しているのは民放テレビのニュースキヤスターだった。その男の性器は、そそり立っている。

宙吊《ちゆうづ》りにした女の性器に竹べらを突っ込んで、左右に抉《こじ》っている男もいた。押さえ込まれて、乳房に刺青《いれずみ》を彫られている女の姿が痛ましい。小便を飲まされている女もいた。両耳を削《そ》ぎ落とされ、おまけに歯まで抜かれた少女も交じっている。

伊沢は身震いした。まるで地獄絵図ではないか。

「どうだね、気分は？」

服部が薄気味悪い笑みを拡げて、暗い声で問いかけてきた。

「吐き気がするよ」

「きみのゲロを女たちに食べさせようか？　大便だって、喰ってしまう女もいるんだ」

「女をいたぶって、どこが面白いんだっ。あんたらは変態だ。まともじゃないっ」

「なあに、女の中にはけっこう悦《よろこ》んでるのがいるんだよ。程度の差こそあれ、女はどいつもマゾの要素を持ってるからな」

「あんたと密談してた関西弁の国会議員もサディストなんだろ？」

伊沢は訊いた。

「民自党幹事長の彦根清治《ひこねせいじ》先生のことだな。あの先生は、このサロンの常連客なんだよ。最近は少し足が遠のいてるがね」

「あんたは各界の著名人や政治家を別荘のサロンで遊ばせ、そいつらの弱みを握って、利権屋のボスにのしあがったんだな」

「否定はせんよ」

「薄汚い野郎だっ」

「なんとでも言え。きみは、どうせ生きてはここから出られんのだから。そろそろシーザーが腹を空《す》かせてるころだろう」

「シーザー？」

「わたしが飼ってるライオンだよ。シーザーは人間の肉が大好物でな。少し地下牢できみの頭を冷やしてから、シーザーに喰わせてやろう」

服部はそう言い、高く笑った。残忍そうな顔つきだった。

尾形が秋月たちに目配せした。

伊沢は部屋から引きずり出された。少し先に、地階への降り口があった。

裸電球の灯《とも》った地階に降りると、異臭が鼻を衝《つ》いた。汚物や食べものの腐った臭《にお》いだった。奥でライオンが唸っている。

通路の両側には、鉄格子の嵌《は》まった牢獄が連《つら》なっていた。

その一つに、足首を鎖で繋がれた女が入っていた。一糸もまとっていない。陰毛は刈り取られていた。乳房は片方しかなかった。汚れた髪の毛は、そそけ立っている。

女が伊沢を見て、意味のない笑みを浮かべた。

その目は虚《うつ》ろだった。すでに彼女は、精神のバランスを崩《くず》しているらしかった。

伊沢は、中ほどの牢に押し込まれた。

四畳半ほどの広さだった。床はコンクリートだ。毛布一枚なかった。

鉄錠を掛けると、パンチパーマの男と痩《や》せた男は歩み去った。

通路の反対側にある牢の中で、何かが動いた。

裸の女だった。伊沢は目を凝《こ》らした。

「伊沢さん！」

まゆみだった。

伊沢は鉄格子に顔を寄せた。まゆみが鉄格子を摑んで、幼女のように泣きはじめた。

「赦《ゆる》してくれ、こんなことになってしまって」

伊沢は詫《わ》びた。胸が張り裂けそうだった。

だいぶ経《た》ってから、まゆみが泣き熄《や》んだ。

「ここで、男たちに何かされたのか？」

伊沢は訊いた。

「ううん、まだ何も……」

「よかった！　もう逃げ出すチャンスはないかもしれないが、最後まで諦めるなよ」

「え、ええ」

まゆみが短く答えた。

「きみは鎖で繋《つな》がれてるのか？」

「ううん」

「おれは後ろ手に縛られてるんだ。でも、動くことはできる。とにかく、やれるだけのことはやってみるよ」

伊沢は言って、鉄格子を肩で押した。

びくともしなかった。蹴ってみたが、結果は同じだった。

伊沢は三方の壁を調べた。堅固な煉瓦《れんが》が積み上げられている。押したり蹴ったりしてみたが、体力が消耗《しょうもう》しただけだった。

——なんとか脱け出さなければな。

伊沢は懸命に知恵を絞った。しかし、妙案は閃《ひらめ》かなかった。
七、八分が経過したとき、足音が響いてきた。
伊沢は鉄格子から離れて、コンクリートの床に坐り込んだ。

やってきたのは、秋月だった。秋月はまゆみの牢の前で立ち止まり、鉄格子の錠を外した。

伊沢は立ち上がって、秋月に喚《わめ》いた。

「何をする気なんだっ」

「ライオンに喰わせる前に、女をちょっとな」

「やめろ！」

「そこで見物してろや。おまえの女によがり声をあげさせてやっからよ」

秋月がせせら笑って、潜《くぐ》り戸を開けた。まゆみが悲鳴をあげ、奥に逃げる。

「おい、待て！　彼女を犯す前に、おれを殺せっ」

伊沢は声を張った。パンチパーマの男は無視して、腰を屈めた。

次の瞬間、秋月の体が横に吹き飛んだ。

頭が赤い。血だった。銃声はしなかった。誰かがサインレンサー付きの拳銃で撃ったらしい。

秋月は通路に倒れたきり、微動だにしなかった。どうやら死んだようだ。仲間割れだろうか。

伊沢は通路の左手を見た。

視界に入ったのは、なんと滝口だった。消音装置の付いた自動拳銃を握っている。ワルサーP5だった。

「なぜ、おまえがここにいるんだ？」

伊沢は滝口に問いかけた。滝口は返事をしなかった。

「なぜ、黙ってるんだっ。おまえ、尾形たちと通じてたんだな？」

「…………」

滝口が顔を背《そむ》けた。肯定の沈黙だろう。伊沢は暗然とした気持ちになった。

「やっぱり、そうだったのか。おれを殺しに来たんだな？」

「そうじゃないよ。伊沢、後ろに退《さ》がっててくれ」

滝口はそう言うと、拳銃で鉄錠を撃ち砕いた。伊沢は潜《くぐ》り戸を蹴った。戸が開いた。

伊沢は通路に飛び出した。

まゆみも牢から現われた。滝口が、まゆみに男物のコートを渡した。まゆみが、それで裸身を包んだ。伊沢は滝口に訊いた。

「いったい、どういうことなんだ？」

「いま、説明するよ。その前に、おまえのロープを切ってやろう」

滝口が伊沢の後ろに回り込んだ。麻縄が断《た》たれる。縛《いまし》めから解放されると、伊沢は滝口のほうに向き直った。

「滝口、おまえはなんで尾形組と繋がってるんだ？」

「そもそものつまずきは、女だったんだ。おれは、そこに倒れてる秋月の愛人のクラブホステスと親しくなったんだよ。ヤーさんの情婦《おんな》とわかってたら、手なんかつけなかったんだが……」

「ほんとなのか、その話は？」

「ああ。愛人の浮気がわかると、秋月はおれにヤキを入れた。奴はおれのシンボルをガスバーナーの炎で焼いたんだ。その上、女房のつかさを犯して、覚醒剤《シャブ》漬けにしやがった。さらに秋月は、おれに覚醒剤の運び屋までさせたんだ」

「それじゃ、おまえは服部が買い付けた麻薬をトラックで運んでたのか？」

「そうなんだ、秋月に脅されてな。ある晩、名古屋港で荷をトラックに積み込んでるとき、おれはコンテナの陰に村瀬が潜《ひそ》んでるのに気がついたんだ。おれはスポーツキャップを被って、ミラーサングラスをかけてたから、村瀬のほうは気づかなかったけどな」

　滝口が告白した。伊沢は何も言えなかった。

「おれは心臓が引っくり返りそうになったよ。それで、慌てて荷を一つ積み忘れちまったんだ」

「それを村瀬が持ち去ったんだな？」

「そうなんだ」

「それじゃ、おまえは計画的に村瀬とおれを六本木の『ナイト・キャッスル』に……」

「赦《ゆる》してくれ。秋月に命じられて、おれが村瀬とおまえをあのラブホテルに誘い込んだんだよ。秋月の野郎は名古屋港で、村瀬の顔を見てしまったんだ」

「秋月は、どうして村瀬とおまえの関係に気づいたんだ？」

伊沢は訊いた。その点が腑《ふ》に落ちなかったのだ。

「奴はおれの家で、写真を見たんだよ」

「写真？」

「ほら、大学を卒業するとき、おれたち三人、ジャージ姿で写真を撮っただろ？　おれ、あのときの写真を居間に飾っていたんだ」

「なるほど、それでか」

「舎弟頭の小杉を盗んだ車で轢き殺したのも、このおれなんだ。秋月にはおまえも一緒に轢けって命じられてたんだが、どうしてもおまえは殺《や》れなかった……」

「なんでそこまで、秋月の言いなりになってたんだっ。おまえだって、男だろうが！」

「秋月が怕《こわ》かったんだ。それに、つかさの覚醒剤《シャブ》も断たれたくなかったしな。つかさは、たったの数カ月で中毒になっちまった」

滝口が哀しげに言った。

「おれも抜けてるな。敵の手先が、ほんの近くにいたのに。どうせ例のジュラルミンケースも、おまえが尾形組に届けたんだろ？」

「その通りだよ」

「友達を売りやがって！」

伊沢は激情に駆られて、滝口の顔面にストレートパンチをぶち込んだ。まともにヒットした。滝口は仰向けに引っくり返った。そのとき、銃口から弾丸が飛び出した。暴発だった。滝口は抵抗する様子はなかった。

「なんで、おれを撃たないんだっ。撃ちたきゃ、撃て！」

「おまえを殺す気なんかないよ」

滝口が力なく呟いて、ゆっくりと立ち上がった。唇が切れて、血がにじんでいた。

「おまえ、どうするつもりなんだ⁉」

「伊沢、つかさを医療刑務所に入れてやってくれないか。いまなら、まだ女房は立ち直れると思うんだ。おれのベンツは、おまえにやるよ」

滝口は言うなり、銃口を自分の胸に押し当てた。心臓のあたりだった。

「やめろ、滝口！」

伊沢は大声で制止した。

次の瞬間、鈍い発射音が響いた。滝口が呻いて、ゆっくりと後ろに倒れた。まるで枯れ木が倒れるような具合だった。

伊沢は滝口に駆け寄った。

滝口の胸は鮮血に染まっていた。赤い銃創は、思いのほか小さかった。まるで何かの勲章《くんしょう》のようだった。

まゆみが悲鳴に近い声を放った。

「滝口……」

伊沢は屈《かが》み込んで、友人の瞼を押し下げた。

滝口は左手でカセットをしっかりと握り締めていた。

伊沢は合掌して、それを引き剝《は》がした。右手から消音器《サイレンサー》付きのワルサーＰ５を引き離す。サイレンサーには、血が付着していた。

「ひとまず、ここから逃げよう」

伊沢は、まゆみに言った。

まゆみが無言でうなずいた。その顔は血の気がなかった。

二人は歩きだした。

少し行くと、囚《とら》われの身の女が鉄格子の奥でけたたましく笑った。伊沢は立ち止まって、銃弾で鉄錠を砕き飛ばした。潜り戸を開けて、彼は女に声をかけた。

「きみも一緒に逃げよう」

「いやよ、いや！　わたしに近寄らないで」

女が首を烈《はげ》しく横に振って、すぐに後ずさった。まゆみが声をかけても、無駄だった。

「いずれ、警察の連中が来るだろう。行こう！」

伊沢はまゆみを促して、先に歩きだした。血溜まりの中で息絶えている相馬を跨《また》いで、二人は石段を駆け上がった。

一階はひっそりとしている。

人気《ひとけ》はなかった。二人は長い廊下を走り抜けた。

玄関を出ると、黒っぽい番犬が襲いかかってきた。大型犬だった。

伊沢は迷わず発砲した。

番犬が宙で鳴き、後方に吹き飛んだ。銃弾は犬の顔面を撃ち抜いていた。番犬が砂利の上に落下したとき、地階でライオンが咆哮《ほうこう》をあげた。

まゆみが怯《おび》え、伊沢に縋《すが》りついてきた。

伊沢は彼女の胴に片腕を回して、アプローチを進んだ。車は一台も見当たらない。

別荘は、山の中腹にあった。

二人は門を潜《くぐ》り出て、山道を下《くだ》りはじめた。

数分後、はるか眼下に赤く瞬《またた》くものが幾つも見えた。パトカーの赤色灯だった。暗い海原に光の矢が見える。巡視船のサーチライトだろう。

「パトカーが上がってくるだろうから、このあたりで待ってよう」

伊沢は足を止めた。まゆみが吐息とともに言った。

「ああ、怖かった。まだ体が震えてるわ」

「すまなかったな」

「いいのよ。もう、これで、あなたも堂々と街を歩けるようになるわね」

「そうだな。しかし、虚《むな》しい追跡行だったよ」

「わかるわ、その気持ち。親友を二人も喪《うしな》ってしまったんですもの」

「こんな幕切れ、残酷すぎる。当分、酒が苦いだろうな」

「唐突だけど、よかったら、しばらく一緒に暮らしてみない？」

「考えてみるよ」

伊沢は言って、まゆみの肩を抱き寄せた。まゆみが身を寄り添わせてくる。

「少し寒いわ、コートの下は裸だから」

「そうだったな。山荘に、きみの服を取りに戻ろう」

伊沢はまゆみの肩を包み込んだまま、すぐに踵《きびす》を返した。

二人は黙って歩きつづけた。

山道は白く輝いていた。月明かりのせいだった。

本書は二〇〇一年五月に角川春樹事務所より刊行された
『非情遊戯』を改題し、大幅に加筆・修正しました。
なお本作品はフィクションであり、実在の個人・団体など
とは一切関係がありません。

文芸社文庫

射殺犯

二〇一五年八月十五日　初版第一刷発行

著　者　南英男
発行者　瓜谷綱延
発行所　株式会社　文芸社
〒一六〇－〇〇二二
東京都新宿区新宿一－一〇－一
電話　〇三－五三六九－三〇六〇（編集）
〇三－五三六九－二二九九（販売）
印刷所　図書印刷株式会社
装幀者　三村淳

ISBN978-4-286-16833-3

［文芸社文庫　既刊本］

中谷彰宏
贅沢なキスをしよう。

いいエッチをしていると、ふだんが「いい表情」に。「快感で人は生まれ変われる」その具体例をあげて、心を開くだけで、感じられるヒント満載！

中谷彰宏
全力で、1ミリ進もう。

失敗は、いくらしてもいいのです。やってはいけないことは、失望です。過去にとらわれず、未来から今を生きる――勇気が生まれるコトバが満載。

村上隆英監修　安恒　理
フェイスブック・ツイッター時代に使いたくなる「孫子の兵法」

古代中国で誕生した兵法書『孫子』は現代のビジネス現場で十分に活用できる。2500年間うけつがれてきた、情報の活かし方で、差をつけよう！

本川達雄
「長生き」が地球を滅ぼす

生物学的時間。この新しい時間で現代社会をとらえると、少子化、高齢化、エネルギー問題等が解消される――？　人類の時間観を覆す画期的生物論。

伊藤　翠
放射性物質から身を守る食品

福島第一原発事故はチェルノブイリと同じレベル7に。長崎被ばく医師の体験からも証明された「食養学」の効用。内部被ばくを防ぐ処方箋！